講談社文庫

30年の物語

岸 惠子

講談社

プロローグ

羽田空港からロンドンへ向けて発《た》ったのは、一九五五年の大晦日。私はとても若く、はじめてのヨーロッパへ一人で旅立つ、という当時にしては法外な冒険に興奮していた。

南回航路で日本からロンドンまで五十時間！

太陽と共にゆったりと、東から西へと移行するプロペラ機は、七つの国へ降り、七つの初日の出を見た。パリへ着いたときには、翌年の一月二日になっていた。

「風は知らない」という英国映画のヒロインに抜擢され、デヴィッド・リーン監督の要請で英語をマスターするため、四、五ヵ月間の留学生活を送る目的ではあったが、我儘《わがまま》を言ってパリに二、三日の途中下車をした。

当時の若者の例に漏れず、私もレマルク著『凱旋門』に夢中だったのだ。

その日、パリには雪が降っていた。大きなぼたん雪だった。

日本に降る真っ白でふかふかとあたたかそうなぼたん雪ではなく、夕暮れの薄闇のせいか少し煤《すす》けて悲し気だった。私はコンコルド広場に一人立ち、降り注ぐ雪の紗《しゃ》がかかって、はるかかなたに遠く、幻のように立つ凱旋門を仰ぎ見た。

その遠い幻に向かって私は歩きだした。

驚くほど幅の広いシャンゼリゼ大通りには、葉が落ちたあとの、黒々とした裸木が、さまざまな形のシュールな枝をひろげ、まるでベルナール・ビュッフェの絵のように立ち並んでいた。

それは美しいメランコリックな光景だった。

映画「凱旋門」の中で、シャルル・ボワイエ扮する亡命外科医が、美しいイングリッド・バーグマンとカルバドスを飲んだ居酒屋はどの辺《へん》だったのだろう、と思いながら歩くうち、ぼたん雪は細雪《ささめゆき》になり、ついにはみぞれとなった。

近くで見た凱旋門は低く垂れこめた灰色の雲の下で泣いているように見えたし、建立者であるナポレオンが、例の風変わりな帽子を被り、片手を軍服の胸に入れてあたりを睥睨《へいげい》しているようにも見えた。

なんだかさびしいな、と思った。美しくて立派だけど、こんなさびしい街には住みたくないな、とも思った。

そのときから二年近く経ち、私はパリの住人となった。そして四十二年の歳月が流れた。

これから読んでいただく十二の短編は、二、三のものを除いては、みんなパリが私の心に刻んだ物語である。なぜ『42年の物語』ではないのか……。心にわだかまる事件や人物、その背後に見え隠れするそれぞれの時代の光りと影。それが刻んだ長い年月にわたって疼《うず》いた痛みやよろこびは、三十年ほど経つと、まるで潮が引くように、あるいは心変わりした潮の流れが思い思いの方向へ散ってゆくように記憶の中を遠のいてゆく。消え去るのではなく、ある静かな風景として、あるいは、もう手を加えられたくはないある姿を作って心の中に沈殿する。だから『30年の物語』とした。

三十年経っても、まだしたたかに心の中を立ち退かないしこりがあるとしたら、それはもう物語ではなく、その人物が外に晒《さら》したくはない魂の在り処《ありか》。それを書く日が私にやってくることがあるだろうか……。

一九九九年十一月

岸　惠子

目次

30年の物語

影絵の中のジャン・コクトオ

ちいさい頃の一時期、私は〝影〟に夢中になっていた。どこまでもついてくる影。朝日を受けて道を歩き、くるっと振り向くと、影も、体からは遠い先っぽのほうにある頭がくるっとよじれる。うしろ向きになれば影は眼の前にいて、手を上げれば一緒に上げる。真っ昼間の影はうんとちぢこまり、夕方になるとまた細く伸びてゆく。前になったり後になったりしてどこまでもついてくる。

雨が降ったり、月のない夜でないかぎり影はいつも私の真似をしている。

あれはもう一人の私なんだ、と思っていた。

影踏みごっこも好きだったし、壁や襖《ふすま》に指でキツネの影絵を作るのも好きだった。

それから、限りなく歳月は流れ、パリという街へ住む身となった私は、ある日胸をときめかせて、ジャン・コクトオさんのパリの仕事場のベルを押した。

秘書か、執事に出迎えられるものと思っていたら、ドアを大きく開け、片方の腕を翼のように拡げて私を抱きかかえるように招じ入れてくれたのは、灰色の作業衣を着た詩人その人だった。

なぜ、片方の腕だったのか……。もう一方の腕で詩人は、眼がキラキラと銀色に光る大きなペルシャ猫を抱いていたのである。

抱き寄せられ、頰にやさしくキスをされて、私はいやおうなくペルシャ猫とドッキングする羽目になり思わずクッシュンとくしゃみをしてしまった。

私は猫がダメなのだ。

中学生のときにはじめて観《み》た映画「美女と野獣」以来の憧れの巨匠ジャン・コクトオに招かれて、天にも昇る気持ちなのに、あろうことか、挨拶もしないうちに立てつづけに四、五コのくしゃみをしてしまった。

詩人は、面白そうに笑って言った。

「Bravo《ブラヴォー》, à《ア》 Vos《ヴォ》 Souhaits《スウェ》 !」

フランスには、誰かがくしゃみをすると、廻りの人たちは間髪《かんぱつ》を入れず、「ア・ヴォ・スウエ！」という習慣がある。

「あなたの願い事が叶《かな》いますように――」

言われた相手もまた、間髪を入れずに「ありがとう」と応《こた》える。私も次なるくしゃみの連波を押さえこむように慌てて言った。

「メルシィ」

そして言わずもがなのことを言ってしまった。

「猫がお好きなのですね」

「まあ見てください。この美しいぼくの子供たちを」

通されたプチ・サロンには、なんと！　艶やかなビロード張りのソファや長椅子《キャナペ》の上に、ビロードよりもっと艶やかな毛並のペルシャ猫が、五、六匹、いや十匹近くいただろうか。それぞれが尊大に寝そべり、視線を、高くもない鼻の先から滑らせて闖入者である私を、品定めするかのように睥睨《へいげい》した。

私は気分が悪くなった。立ちすくむ私に、詩人は一冊の本を手渡してくれた。

くしゃみのときの「スゥエ」にひっかけるように、「私の願い事が、あなたによって叶えられることを信じています」

渡された本の題名は『影絵』であった。副題として「濡《ぬ》れ衣《ぎぬ》の妻」とある。

「二十三歳のときに書いた私の処女戯曲です。いろんな女優が主役を演じたいと申し入れてくれましたが、先日のパーティであなたの姿を見かけるまで、私は何十年間も上演を禁じてきました。二十三歳の私には、まだ生まれてもいないあなたが、ちゃーんと見えていたんですよ」

いかにも詩人らしい、身にあまるクドキ文句だったが、私はためらった。私は根っからの映画女優で、舞台を踏んだこともないし、舞台でお芝居をしたいなど大それたことを思ったことさえもなかったのだ。

「わたくし……舞台に立ったことはありません」

「あなたは立つのです。私が演出をします」

私は二十七、八歳だったろうか。おぼつかないフランス語で戸惑っている私に、詩人はときに英語を交え、身振りを交えて語ってくれた。

時が経ちすぎている。私の記憶は曖昧だし、この時にいただいたサイン入りの初版本まで、なんたること！　度重なる引っ越しで失くしてしまった。概要だけを憶えている。

「この物語は〝影〟が主役なのです。影に嫉妬する夫に濡れ衣を着せられて、海に身を投げるかなしい人妻のはなしです。中国の民話からヒントを得たのです……。

あなたは美しい影を持っています。パーティであなたの歩く姿や仕草を見て、マダム・ヌー（だったかスーだったか……）がいると思った……。

あなたの体にはキキュギョリョウの血が流れています……」

「えッ？」

「歌舞伎はよく観るのでしょう？」

「ア、いいえ……」

私の家庭には、子供を歌舞伎や文楽に連れて行ってくれる粋人はひとりもいなかったし、そんな時代でもなかった。

映画界に入ってからは、自分の映画の完成試写を観る時間さえないほどの、かけ持ちに次ぐかけ持ち撮影の日々だった。

私の歌舞伎初体験は、来日され、私を「風は知らない」という英国映画の主役に選んでくださったデヴィッド・リーン監督のお相伴で実現したのだった。

そして、これもまたあろうことか、「娘道成寺」を鑑賞しながら、私は世界の大監督の肩に寄りかかってすーすーと眠ってしまったのだった。

誤解されないよう弁明すると、その後、鑑賞するチャンスのあった「俊寛」など一連の時代物には心を締めつけられ、私が根っからの日本伝統芸能に無知無感動の野暮娘でないことを知って、私自身が安堵したものだった。

「影は、こころです。魂です……」

とコクトオさんはつづけた。

「顔で表現をせず、体全体で感情を表現します。それが影絵となって、舞台のうしろに大きく揺れ動くのです。踊りのような、パントマイムのような動きです。せりふはすべて韻を踏んで、ゆっくりとうたうように……」

こうして私はパリで初舞台を踏んだ。

私はコクトオさんに示唆されたとおり、踊りともパントマイムともつかない体の動きを考えだしていた。科白《せりふ》はすべて韻を踏んだいわば七五調《アレキサンドラン》。それを高く張りつめた声で、泣くように、うたうようにゆったりと語る。

両手を翼のように拡げて、右手の指で調子をとりながら左手の指を折ってゆく。

「Je compte sur mes doigts sept ans《ジュ・コント・シュール・メ・ドワ・セッタン》……指折りィ〜、数えて〜、七年……」

私の指の動きは背景の黒幕に影絵となって映り、その影絵の中で舞台の上の私は動く。

深夜二時の舞台稽古に、コクトオさんはグレイの長いカシミヤのオーバー・コートを着流し、オフホワイトの絹のマフラーを幾重にも巻きつけて、観客席のド真ン中に、一人鶴のように立っていた。

時折、歌舞伎の掛け声もどきに叫ぶ。

「キ・キュ・ギョ・リョオ！」

情けないことに、私は偉大な五代目尾上菊五郎さえ知らず、六代目の舞台も観たことがない。けれど、そこははったり。キキュギョリョウの申し子であるかのように恥ずかし気もなく舞台の上で高揚する。

演出助手やスタッフは詩人の存在感に呑《の》まれでもしたように、深夜の静寂と、照明の作る陰の暗がりに黒子のようにひっそりと沈み、誰もいない劇場いっぱいに詩人の声だけがこだまする。

そして、長いグレイのコートが、さながら「オペラ座の怪人」のように大きな影を作って揺れる。

と思うと、七十歳は過ぎていたと思う白髪の詩人は、大きな影をはばたかせ、舞台の上にひらりと飛び乗り、私の顔が三つは入りそうな大きな楕円形の羽子板のようなものを二枚渡してくれた。

えッ、今までどこにあったの、この羽子板？　まるで魔法使いのよう……同世代の人たちが憧れと妬みをこめてつけた詩人の数ある綽名《あだな》の一つが魔術師。

二枚の羽子板の表裏四面には、喜怒哀楽を描いたコクトオ独特のマスクがある。

「体は波のように動かして、感情はすべてこのマスクで……」

韻を踏み、うたうように囁《ささや》く詩人から受け取った二枚の羽子板を片手に一枚ずつ持ち、喜怒、と、哀楽をひらひらと使い分けて顔を隠し、物語りをすすめる。

七年前に戦《いくさ》に発《た》った夫は、恋しい妻に逢いたさ一途で戻ったふるさとのわが家の壁に、見知らぬ男が妻とたわむれている影を見て嫉妬に狂う。

ロウソクの炎で巨大化された影絵の中の男が、出征したあとに生まれた、七歳になる自分の息子とも知らずに。


「影絵――濡れ衣の妻」は詩人の舞台演出としての遺作となった。

貧しかった当時の日本には外貨がなく、個人的旅行は禁じられていて、この舞台を観てくださったたった五人の日本人、当時の在仏日本大使夫妻、角田毎日新聞パリ支局長と夫人でもあり作家でもある角田房子さん。そして、日本の女優がコクトオ演出の芝居で、コンセルヴァトワール出身の俳優たちを圧して主役を演じた、立派に演じた、とおっしゃって眼に涙を浮かべてくださった三島由紀夫さん。角田房子さんを除いて、みーんな遠いところへ旅立たれ、今日本に「影絵」を観てくれた人は一人しかいない。

　そのことに私はなんの感傷も覚えない。

　遠のいてゆく詩人の思い出に愛惜は感じても、彼のすばらしかった詩を語るようなことばの片言隻句すらも、もう正確には憶えていない。ただ、彼は私の思い出の中に、いつも白黒で登場する。

「影絵」上演のため、チュニジアにご一緒したときのことも、あの北アフリカはマグレブ地方の強烈な太陽と原色の中で、詩人の姿だけがグレイのモノトーンの印象で残る。ちがう。

　モノトーンではあっても、そのグレイの中にはさまざまな濃淡があって、あるとき突然、豊かな色彩が動きだす。

　彼の映画「美女と野獣」のように。「オルフェ」のように。黒白の画面ゆえに描けた光と影の中に、人のこころの移ろいや、魂の在《あ》り処《か》を映しだした二十世紀の天才は、個人的には孤独の人であった。彼の〝華やかな孤独ぶり〟に、人は眼を瞠《みは》り、羨み、陰口を利《き》き、称讃した。

　詩人は私に、影の雅《みや》びを教えてくれた。影の中にひそむ、魂。悲哀や、悪知恵や、笑いや涙。

　深夜の劇場の、照明の綾《あや》が作る暗がりの中で、次に訪れる光りの輪を待って、詩人は叫ぶ。

「キキュギョリョオ!」

その声が、影絵の中でこだまする。

追悼《オマージュ》

その年、七夕のよるは雨だった。やさしい雨ではなく、滝が落ちるような豪雨だった。私は十九歳の乙女だった。真っ赤なレインコートを着て、傘もささずに、銀座のネオンが横流れにすっ飛ぶほどのいきおいで走っていた。

滝のような雨は、乙女の頰を打ち、長い髪は濡れそぼれて、ネオンと同じ速度で横流れに飛んでゆく。乙女の頰はいそがしかった。冷たい雨に混ざって、時折、熱湯のような涙も流れてくるからなのだった。

その日、ひとつの恋がおわった。

今思うと、他愛のないはなしなのに、十九の乙女は大真面目だった。そのうえ、若い二人は恥ずかし気もなく、お揃いの長い長い純金のネックレスをしていた。

新橋駅を降りて、銀座へ曲がる角の、少し手前にあった小さな店で、私が注文したそのネックレスは、ちょうど一年ぐらい、彼と、私の胸の上で、チカチカ、チカッと星くずのように煌《きらめ》いていた。

銀座の街角で、私は彼に、サヨナラと言った。

彼は炎の立つ黯《くら》い瞳で私を見据えて、どうして？　と言った。

彼は蒼《あお》ざめていて、私のひとり芝居にのってこなかった。

それから私は、わんわん泣きながら銀座通りを駆け抜け、どこをどう走ったのか、どこかの橋の上に来ていた。そこで、私はたった独りで、ひとり芝居のつづきをやった。見てくれる人もいないのに、思いっきりオーバーにポロンポロンと泣きながら、破れた恋のネックレスをひきちぎった。

そんな大袈裟《おおげさ》なアクションをするまでもなく、ネックレスはちょっと引っぱっただけで、ぽろり、とかんたんに切れてしまった。

純金は混じり気がないから脆《もろ》いのだと、あとになって人から聞いた。

十九の乙女にも混ざりものがないのだった。大人の男や女が、どう思案しようが嗤《わら》おうが、ことばを尽くそうが、十九の乙女は、あとではとり返しのきかない見事な脆さに生きていた。

乙女は欄干《らんかん》から身を乗り出して、ちぎったネックレスを放り投げた。ネックレスは雨を受けて光りながら川面《かわも》に落ち、あっと言う間のあっけなさで沈んでいった。

あれから三十年。その人がどこでどうしているのか、私は知らない。

蒼ざめたその人の顔は、「君がもう少し大人になればわかるはずだ……」と言って、ストップモーションになったまま、三十年も経ってしまった。

私はうんざりするほど、もうすっかり大人になってしまった。三十年もたったその人の今の顔を、私は想像もできない。

うつくしかったあの顔に歳月が刻んだ苦や楽を、私は知りたくもない。

少女小説のようにちょっとみっともないショート・ストーリーを書いてからまだ一年も経ってはいなかった。

その年の四月から一年間の約束で、私はある雑誌にエッセイの連載をはじめたのだが、手書きの原稿をそのまま写真にとって載せるかたちにしたので、書き損じたり、字姿が気に入らなかったりと書く作業はエンドレスとなり、堆《うずたか》い失敗原稿の山からやっとつまみ出した「ちょっとセンチメンタル」と題した九月号掲載のこの原稿を、帰国中の横浜の実家で読んでくれたその雑誌の編集長は、冗談でしょ、というような眼を上げて、

「これ、〝ちょっとセンチメンタル〟じゃなくて〝ちょっと眉唾《まゆつば》〟なんじゃないですか？　できすぎですよ」

と言って屈託なく笑った。

前出の文章のあとに私はもう一つの出逢いと別れを書き、それが二つとも雨の降る七夕祭りにちなんでいるからなのだった。眉唾といわれて私はにやけた。エッセイの連載中、私は人間の孤独と意思不疎通性《アンコミュニカビリティ》を隠しテーマにしていた。それをたやすく見破られるのは厭《いや》だった。

これを読んでくれた友人たちは、また私が与太《よた》なでっち上げを書いたと思っている。たった一人、女友達がからかうような眼で私の顔をのぞきこんだ。

「ねえ、この、その人って俳優の鶴田浩二さんでしょ」

私は虚をつかれてぼけっとした。「そうよ」と言うと嘘になるし、「嘘よ」と言っても嘘になる。だから私はヘッと笑って黙っていた。

その、その人が死んだ、と日本から電話がかかった。追悼文を書けとの要請である。

「もうだいぶ長いこと患っていらしたんです。ご存知でしたか?」

とマスコミの人が言う。なんで知るかヨ……私は窓を開けて閃光が走る黒雲を眺めた。日本はもうじき七夕さま。この年のパリは異常気象で、六月中旬というのに冬のように寒く、この日、叩きつけるような豪雨の中で、窓辺に咲いた天竺葵《てんじくあおい》の花弁が裂けた。


鶴田浩二という人が、ななめに落とした肩のあたりに甘いニヒリズムをにじませて日本中の若い女性を熱狂させていた頃、私はまだ中学生だった。男のヒトというのは父と学校の先生と、茶・華道のお稽古に通っていたS家の三人の兄弟しか知らなかった。S家の家長も私の父も神奈川県庁の官吏で、子供の教育にむやみと厳しかった。

私はS家の長男に英語と数学の個人教授を受け、同年の次男とはバカバカしいほど競い合ってガクモンというものに熱中していた。

そういう時代だったのである。テレヴィもゲームセンターもなく、父兄不同伴の映画鑑賞は校則で禁じられていた。

S家の次男は戦後の食糧難にもめげず、ひょろりと伸びた長身と、美男と言えなくもない顔にたっぷりとした優越感をにじませて私を煙に巻くのが好きだった。

「君、エゴイズムとエゴサントリズムの違いを知ってるかい？」

長兄が英語を得意としているせいか、彼はわざとエゴサントリズム、とフランス語のアクセントで言う。そして応えも待たずに追い打ちをかけてくる。

「『若き娘たち』読んだかい。モンテルランだぜ」

「フン、とっくに読んだぜ、第二部の『女性への憐憫《れんびん》』、彼はさ」

と言って私は詰まった。

「ミザントロップっていう奴じゃないの？」

「それを言うならミゾジン、女嫌い。ミザントロップは人間嫌い。モリエールの『ミザントロップ』も読んでないのかよ」

「そんなこと知ってるからって、読んだからってそう威張るなよ。フランス語なんか遣うなよ。あんまり女を莫迦《ばか》にするといつか痛いシッペ返しがくるぜ。偉そうにモンテルランを気取るなよ」

「おッ、さっきから凄《すげ》えことば遣ってるぞ。君のおふくろさまが聞いたら失神するぜ」

「おふくろさまの前でこんなことば遣うかヨ」

私たちは肩をぶつけ合って笑い転げた。

そして骨の浮いた栄養不良の手で、ヘンな匂いのする藁半紙《わらばんし》に、しっかりと力のこもった旧漢字を書いていた。私は大学で比較文学を専攻して小説家になりたいと思っていた。世の中には笠置シヅ子の〝東京ブギウギ〟が大流行し、並木路子の〝リンゴの唄〟がラジオから流れていた。

そんなある日、クラスメートと二人で校則を破り、ジャン・コクトオの「美女と野獣」を観《み》てしまったのである。その日、私の人生はぐらりと百八十度回転したのだった。

小学校低学年のとき先生に引率されて「海軍」という映画を観たが、出撃前に兵士が軍艦の形をしたチョコレートを食べたとき、ゴクリと唾を呑みこんだ記憶しかなかった。「美女と野獣」は、自分で意志して校章をはずし、厳しい罰則にもめげず数回にわたって観た生まれてはじめての映画である。世の中にこれほど美しく、怖いものがあることを知って私は戦慄《せんりつ》した。クラスメートの叔父上が松竹大船撮影所の高村潔所長と親友であることから、私たちは胸を躍らせまた校章をはずして恐る恐る「映画」というものがどんなふうに作られてゆくのかを見学させてもらった。中学二年か三年のときである。

この時点で私が女優になる意思を持っていたのかどうか不明だが、映画という妖《あや》しい魔物に取《と》り憑《つ》かれていたことだけは確かである。

「お嬢さんたち、研究生、という名目でときどき撮影所に遊びに来ませんか？　セット撮影の見学も自由、俳優研究所の聴講も自由、学業を終えてそれでも映画に興味があるときは、映画女優になってみませんか?」

撮影所長高村潔さんの親切なことばに私と後に小園蓉子という芸名で女優になった、クラスメートがなんと答えたのかまるっきり憶えていない。ただ私のこころに満干する潮の流れが変わったのだった。

「おれ絶対反対。君には絶対そんな世界は合わないよ。冗談はよせよ。おじさんやおばさんはなんて言ってるんだい?」

「まだ言ってない、誰にも言ってない。反対されるに決まってるもの」

S家の次男に凄《すご》い剣幕で反対され、私の眼にぽろりと涙があふれた。

「泣くなよ、君らしくないぜ」

S家の次男は消しゴム臭い汚ない指で私の頰に落ちた涙を横なぜに払った。

「そんな怖い眼でおれを睨《にら》むなよ。どうせ好きなようにするんだろう」

彼はそっぽを向いて黙りこんだ。

私は好きなようにした。両親の驚愕が哀願に近く変わって私を説得しようとするのも無視して……。

比較文学を放棄し、大学進学さえ断念した十八歳の私は、高校卒業と同時に松竹大船撮影所の研究生になった。S家の次男は二人の志望校であった早稲田大学に見事合格し、私たちは少しずつ疎遠になっていった。進学に未練がなかったわけではない。しかし、映画女優でありながら大学に通う、あるいは大学生でありながら女優、しかも「スター」という位置に身を置くという途方もない構図は、旧弊だった当時の映画界では考えられないことだった。それを成し遂げたのは吉永小百合さんがはじめてだったと思う。彼女は年齢的に私とは一世代もちがうのだ。時代の風が変わったのである。

ともかくも、研究生とはなっても撮影所という雰囲気にはなかなか馴染《なじ》めず、まだ藁半紙や試験管や図書室の匂いを発散させていた私は、ある日、ひとりのプロデューサーに京都行きの夜行列車に乗せられて、松竹京都撮影所へ連れてゆかれた。同じ松竹でも木造洋館建ての明るい、文化的な風のわたる大船と異なり、京都下鴨の撮影所はビンツケの匂いが鼻を突き、行き交う人の物腰もひどく時代劇調であった。プロデューサーは私を「獣の宿」という映画のステージに招じ入れた。

こうして私はキャメラというものの向こうで、光りの洪水の中に浮いている一つのプロフィールと向かい合ったのだった。

私は背中に悪寒が走り、吐き気がするほど緊張していた。あの顔はいったいなんなのだろう……私は眼の前に静止しているプロフィールの正体を見極めたかった。その顔には私がそれまでに見たこともない不思議な生き物が疼《うず》いていて、触れると血のにじみそうな悪の華が咲いていた。

それは青くさいブン学少女であった私のイマジネーションの中に突如として咲いた悪の華なのだった。

「何をぼんやりしてる！　はやくご挨拶しなさいッ」

叱声と同時に私は光りの洪水の中に押し出され、静止していたプロフィールはゆっくりと私に向けて正面を現わし、私はほとんど敵意に近い反発をこめてポキリと音が立ちそうな、ざっぱくな最敬礼をした。

その人が、当時、道を歩けば黒山の人垣ができ、映画館の前に長蛇の列を作る鶴田浩二という大スターなのであった。そして私はそれを知らなかった。私はその時点でも「美女と野獣」しか観ていなかった。

すでにクランク・インしたのに相手が見つからずにいた「獣の宿」の主演女優は、その瞬間私に決まったのだった。

それから約一年半の間、共演者としてたくさんの映画に出た。推理仕立てだった「獣の宿」を除いては、ほとんどが軽喜劇調のごく普通の娯楽作品で、客席は超満員になったが、文芸大作とか、佳作とか、そんな贅沢《ぜいたく》を言わなくてもただほんの少しでも何かが心に残る、と言えるものさえ一本もなかった。

そのことに私は微塵《みじん》の不満もなかったし、そんな立場にもなかった。右や左が、やっとわかりかけてきた未熟者でしかなかった。

それなのに私を、当時のマスコミがこぞって「アプレ・ガール」に〝！〟を二個もつけて罵倒《ばとう》することをしたのだった。その頃まだレポーターということばは使われていなくて芸能記者と言っていたと思うが、いずれにしても彼らはいつもこぞるのである。異見や異端を受け入れる文化は彼らの中には皆無に近かった。「ハワイの夜」という映画に私が出演したことに、彼らは理不尽極まると慷慨《こうがい》してこぞったのである。

たぶんもう死語になっているアプレ・ガールとは、フランス語のアプレ・ゲール（戦後）からとった戦後派、従来の常識や社会的通念からはみ出す今風女の子、ふとどき者といった意味のことばで、ずっとあとになって流行《はや》った「新人類」に似た使われ方をした流行語であった。

松竹大船の契約俳優たちの中で、今言うマネージャーにあたる人物がいたのは、私の記憶では鶴田浩二さんただ一人であったと思う。

兼松廉吉《かねまつれんきち》といういひじょうに魅力のある敏腕マネージャー兼プロデューサーであるその人に、「ハワイの夜」という脚本を渡されて読んだのである。この企画は鶴田浩二とあなたのために立てた。このヒロインはあなたしかいない、と言われて、私もそのとおりだと思った。

それがなぜ「アプレ・ガール!!」なのか。理由は、「ハワイの夜」が、松竹作品ではなく、新東宝の作品だったからなのだった。私は契約こそなかったが、研究生の名の下で高村潔撮影所長の秘蔵っ子のような存在だったのだと思う。

当時すでに「五社協定」という俳優の自由を縛る会社側のご都合主義的談合があったのかどうか憶えてはいないが、「恩人に後足で砂をかけた」と言われても仕方のない状況になった。

ただ「恋の逃避行！」とか、「松竹を飛び出して新東宝へ！」なんぞという、今も昔も変わらぬ騒々しいマスコミ裁決にはうんざりした。

私は逃避行もしないし、新東宝へ移りたいなどとはユメ思わなかった。ただ「ハワイの夜」に出演したかっただけなのだった。

高村所長には私自身がお願いと報告に行ったのか、兼松氏がいっさいを引き受けてその役を果たしてくれたのか憶えていない。たぶん後者であったと思う。でなければ、ハワイのホテルで私が棒立ちになるほど驚くことはなかったはずだ。

マスコミ攻勢とは正反対に、外国への旅行が自由化されていない当時の日本で戦後はじめての海外ロケ、ということで映画ファンは沸き、私がついに完成試写も見ることのできなかった「ハワイの夜」は爆発的にヒットした。

ハワイロケたけなわのある日、宿泊中だったオアフ島にあるホテルのロビーに帰り着いた私は、わが眼が信じられずただ茫然と立ち尽くした。眼の前にやや複雑な表情の高村潔さんが立っていたのである。私を透し見るような瞳は瞬時に晴れて、いつものように「やあ」と明るい笑顔になり握手のための右手を出した。駆け寄った私の手をしっかりと握り、その上にもう一つの手も添えて上下に大きく振りながら言った。

「元気そうでよかった。心配してたぞ。顔が少しふっくらしたけど相変わらず手足が細いな、もう少し肥りなさい」

私の顔はたぶん泣きべそ色に染まったことだろう。

松竹大船撮影所の桜並木が、木造洋館建ての少しすがれてノスタルジックな、私が末席を占めていた畳敷きの大部屋が、胸いっぱいに拡がってなつかしかった。

「びっくりしたろう。ハリウッド視察の途中下車だが、明日ロケの終わったあとこのホテルで君のためのパーティを開くことにした。新東宝のスタッフの方々全員に今招待状を手配してもらったところだ」

それは豪華な立食パーティだった。連日のロケ疲れで、兼松プロデューサー、鶴田浩二さん、そして私だけがややきちんとした服装で、あとのスタッフは全員アロハ・シャツだったが、高村さんは麻のスーツにネクタイまで締めていた。雰囲気は私の不安を裏切って終始なごやかで、華やいですらいた。

たかが十代の新人女優に砂をかけられた松竹という老舗《しにせ》の所長が、新興の映画会社に意地を見せている、というような卑しさは微塵もなく、自然体で和気が流れていた。しかし高村潔さんが凄い人であったのは、自分が居つづけてはスタッフもくつろげないことを慮《おもんぱか》って、翌日の早朝発ちを口実に、ロケ撮影の首尾と、作品の成功を祈るエスプリの利いた短いスピーチをして会場から消えたことだった。

去り際にプロデューサーや監督に丁寧な挨拶をし、たぶん私をよろしくと言ってくれたような気配が感じられた。鶴田浩二さんの肩を叩いて何を言ったのか、遠目にも鶴田浩二さんの眼が潤《うる》んでいた。

かつての映画界には、こういう人たちが住んでいたのだった。

鶴田浩二という人は、ひどく真面目な「義理と人情の熱血漢」なのに、その内実とはうらはらな、うつくしすぎるプロフィールにニヒルな笑みを浮かべ、デカダンな妖《あや》しさを漂わせて、暗い戦後をくぐり抜けて来た当時の若者たちを魅了した。

けれど彼が傾斜しているように私には見えた同期の桜や、特攻隊や、それらを含むある狂乱の時代へのノスタルジーのようなものは、私には理解の届かない世界だった。

鶴田浩二さんの人気は怒濤のように拡がってゆき、私もいつしかスターというものになっていた。

「ハワイの夜」に出演する前のことだが、スターになっても身分としては研究生であったからギャラらしいものはもらっていなかった。私は横須賀線で大船へ通い、遠出のロケには相手役の車に便乗させてもらった。

スターになった私が映画界の穢《きたな》いあくに染まらぬようにと、鶴田浩二さんは心配してくれた。

「君はいつまでも今のままでいなさい。女優くさくなっちゃ駄目だ」

度重なるお説教節に私は内心ペロリと舌を出していた。私は映画界のあくに染まったり、女優くさくなるほど、素直でかんたんな女の子ではないのだった。

遠かったロケ帰りのある日、私たちは暗い山道を走っていた。まだ「ハワイの夜」も「君の名は」も撮っていなかったが、同時に二本も三本もかけ持ちをさせられる十代の女の子は、自分の行動形態が次第にスターという生き物に近づいてゆくことに苛立《いらだ》っていた。人眼を避けるためについ暗い道を選び、人込みの中では顔をかくすようにしてもの凄く足早に歩く。それは私の性《しょう》に合わなかった。

「ねえ、ネオンのキラキラした明るい町中《まちなか》を走りましょう。一度でもいいから鶴田さんと銀座のど真ん中を歩いてみたい」

「おそろしいことを言うお嬢さんだね」

「どうして天下の大道を二人で歩いちゃいけないの？　男と女だから？　スターだから？」

興奮した私を軽くいなして彼は山の頂上のようなところで車を止めた。

「さあ降りなさい。天下の大道を二人で歩こう」

「いや。こんな山の中いや。明るい天下の大道がいいッ」

「駄々をこねるんじゃない」

この人はこのときから十数年ののちこんな歌をうたっている。

「真《ま》っ平《ぴら》ご免と　大手を振って　歩きたいけど　歩けない……日蔭育ちの　泣きどころ　明るすぎます　俺《おい》らには……」

こういう俺らに私は与《くみ》することはできない。何から何まで真っ暗闇よ、筋の通らぬことばかり……という任俠の世界のカッコよさは、特攻隊の美々しさへのノスタルジーと同じように私には馴《な》染《じ》めない、といっても私はこの歌を聞いたこともないし、全共闘世代に人気のあったという「傷だらけの人生」も観たことがない。だから私は俳優鶴田浩二を語る適任者では決してない。

ともあれ、山頂に車を止めたときの俺らは上機嫌だった。ちょっとばかりロマンティックでない匂いがただよってはいたが、あまりのうつくしさに私は息を呑んだ。満天の星が手をのばすとつかめそうだった。

「ここ、とっても高い山なの？」

「天下の嶮《けん》と人の言う、山の名前は箱根でござんす」

私は嬉しくなってステップをふみながら大きな声を張りあげた。

「トッオッキョ、ブギウギ、リズムウキウキ、ココロウキウキワクワク……」

その人はさびしさを曳《ひ》いた笑いをさざめかせて私を見つめていた。

「やだーあ」

どうしたわけか私は、ずぶずぶっと三十センチくらい、冷たいところに沈みこんだのである。駆け寄ったその人に抱きあげられた私の足は、ぐしょんぐしょんに濡れてヘンな匂いがした。その人は声をあげて笑いくずれた。

「いやーだ。これ、コヤシ、コヤシの匂い」

「当たり前だ。君はコヤシをまいた田んぼに落ちたんだよ。ここはあぜ道だったんだ」

「どうして天下の嶮のてっぺんにコヤシの匂いのする田んぼがあるの！」

その人は私を包みこむように抱きしめて背中をさすってくれた。ゆらゆら揺られながら私の胸がドクンと鳴った。星が鳴り止みあたりがしんとした。その人の瞳の中に星影が宿り、暗い熱い光りが揺れた。

「さ、君から先に離れてくれ、おれ、君がとても大事なんだ。大事にしたいんだ」

私ははっとして身をひいた。死にたいほど恥ずかしかった。「ごめんなさい」と言いながら、なぜあやまらなくてはいけないのかわからなくて泣きべそをかいた。

彼はまた抜けるような明るい笑いで笑い、私を軽々と抱き上げて、バスケットボールのように天空に掲げた。

「両手をうんと高くあげて星を奪《と》れ。たくさん奪ってきれいな花嫁衣裳を作れ」

思いのたけキザな科白《せりふ》が、満天の星とコヤシの匂いの中で、なんとも言いようなく絶妙な可笑《おか》しさを作り、私たちは天下の嶮のてっぺんでいつまでもいつまでも笑っていた。

その人が死んだのだという……。胸の奥が焼けつくように痛い。コヤシの匂いがした満天の星がどっとおっこちて来たようで、お腹の底がよじれるように痛い。

輪舞の外で

顔を合わせる前に、大使館主催のパーティの、人眼に立たない片隅の壁に倚《よ》りかかって、かろうじて立っているといった風情で何かを飲んでいる一つのシルエットが気になった。まるで栄養失調ででもあるかのように細すぎるシルエットは、けれど脆弱《ぜいじゃく》ではなく侘《わ》びし気《げ》で、暗くはなく孤独気だった。

北欧のある街で、こうして私は一人旅の見知らぬ男と人々の肩越しに視線があった。その眼は遠目にも朦朧《もうろう》として焦点が定まりにくい容子《ようす》だった。睡魔の中を泳ぐようにして男のシルエットは私のほうに歩いてくる。眠そうな眼がどこで見極めたのか、飲み物を持っていない私のために、トレイを捧げ持つボーイさんを呼びとめ、自分の飲みさしのコップを新しい水割りらしきコップに替えて掲げ、もう一つの手でシャンペン・グラスを上げて、どっち？というクエッション・サインのようなゼスチュアを私に投げた。私はシャンペン・グラスに視線を移して頷《うなず》いた。

「眠そうですね」

それが初対面の男にかけた私の最初のことばだった。彼はそれには応えずにうながした。

「庭へ出ませんか？　星がきれいですよ」

雨の降らない七夕の宵で、天の川がきれいだった。赤いレインコートを着てどしゃ降りの雨の銀座を走った七夕からちょうど三十年が経っていた。

幾つかしつらえてあるガーデン・テーブルのうち、男はやはり壁ぎわの一つを選び、椅子をずらして蔦《つた》のからんだ壁に倚りかかった。

「すいません、横着で」

「ついでに少し眠ったらいかがですか？」

「そうですか、ほんとうに？」

「ええ」

「でも逃げないでください。あなたにお訊きしたいことがあるんです」

言いながら男はもう眠っていた。ずるずるっと蔦の葉を滑ってガーデン・テーブルに上半身が着地したところで私はサロンへ戻った。

国際化に関するシンポジウムの基調講演について主催者側の人たちと打ち合わせをしていたら、その中の一人が、眼でさかんに誰かを捜している。

「どこへ消えちゃったんだ、あいつ」

「無理させたからなあ、三日三晩くらい寝てないんじゃないですか。飛行機から飛行機へ乗り継いで……十九時間くらいの時差ですよ」

と他の一人が言った。

「もしかしたら、庭で眠っている方かしら。紺色のスーツの紺色っぽい方……」

「紺色っぽい？」

とはじめの男が聞き咎《とが》めた。

「だってみなさん、紺色のスーツじゃない。明日からのシンポジウムもさぞかし紺色ムードで進行することでしょう」

「参ったな、皮肉ですか?」

「もちろんです」

私は笑って十九時間の時差処理中の男の起こし役を買ってでた。その男はたしかに紺色のスーツを着てはいたが、紺色っぽいと咄嗟《とっさ》に言ってしまった日本国組織色を私は彼にはまったく感じなかった。

なんだ主催者側の会社人間だったのか、という失望をその仲間にぶつけただけだった。

男は三十分前とまったく同じかたちで微動だにしない。

「お仲間がお呼びですよ」

冷ややかな声になっていた。

「え……?」

まことに間の抜けた眼覚めかけの男からかすかに男の匂いがした。雄の立てる男の匂いではなく、脂っぽいのに黴臭《かびくさ》さの混ざった無精《ぶしょう》が積みこんだ独り身の匂いだった。

「星がきれいですね」

「七夕ですもの」

「たなばた? ああなつかしいことばだなあ。だから、こんなに星がきれいなんだ……」

どこまで間が抜けているんだろう。だから私を庭に誘ったくせに。

「びっくりするな。で、おれ眠っちゃったんだ、失礼しました」

はじめて眼覚めた声になった。飛行機を何度乗り替えたとか、時差とかの弁明はいっさいしなかった。

「みなさんあなたをお捜しのようですけど、主催をなさっている会社の方なんですね」

「いや、目下休職中というか、自分では半年前に罷《や》めたつもりです。今はこういう仕事をしています」

差し出された名刺は、今回の企業が世過ぎとしている事業内容とは繋がりがないように思えた。

「国際部に廻されて、外国を渡り歩くうちにもともと好きだった写真を撮りだして……」

「で、文章も書く。フリーではたいへんでしょう」

「でも、今度のように、明日からのイヴェントのリポートをまとめる役目を廻してくれたり、ま、昔の仲間は有難いものです」

「そのお仲間がお呼びですよ」

男はそれには応えずに真剣な眼になった。

「フランスにお住みですよね」

「ええ」

「保守党が倒れ、ミテラン政権になって、フランスはどうなのか、明日にでも少し時間をいただけませんか?」

さっきまでの睡気などまるであとを引いていない男の眼がほんの少し斜視になった。

「専門は政治です。ま、たった半年前からの自称専門ですが」

「政権がどう変わろうと、フランスのお家芸は人道問題にかかずらわることです。だから好きなんだわ。あたし、フランスが。移民や失業問題でこの先どうなるかわからないけど……」

「明日は無理ですか?」

いっぱしのジャーナリスト並みに畳みこんでくるその男が背負っている、黴臭い一途な匂いが気になった。

「パリへ来ませんか? パリ祭なんぞ見てみませんか?」

私は唐突に言った。

「えッ」

と言って男は眼を瞠《みは》った。瞠った瞳がまたほんの少し斜視になった。

その夜から七日経ったパリ祭の日、玄関のベルが鳴った。はっきりした返事は訊かずじまいになっていたが、彼は照れ隠しにあのときの二、三の仲間と共にやってくるにちがいないちがずらりと並んでいた。はにかんだようなほほえみを浮かべて、思ったとおり北欧で一緒だった男たちがずらりと並んでいた。

よかった、と内心ほっとした。相手が一人で来るものと勘ちがいをして、オッに構えてめかしこみ、シャンペンなんぞ冷やしながら一人で待っていたら、とんだ恥さらしの滑稽劇であった。幸いこういうときの私の勘は絶対はずれないのだ。当方もちゃんと数人の友人を招いておいた。

まるっきり職業や生き方のちがう初対面のグループが二つ、はじめはぎごちなく、次第にうちとけてきたとき、イヴェントの総指揮をとっていた四十代後半の人がいきなり立ち上がった。

「えー、歌います。ご婦人方の前では少々憚《はばか》りのある、猥褻なヤツです。題しまして、いろは色歌」

ドスの利《き》いた渋い、いい声である。替え歌の猥褻さにもふくみのある鋭い風刺がかくされていて、イヴェントでのスピーチよりずっと上等だった。

「日本企業の尖兵《せんぺい》さんたちは凄い隠し芸をお持ちなのね」

「隠し芸だけっていうのも問題ですがね」

フリーになった元部下がぽつりと言ってみなが笑ったとき、ドドーンと景気のいい音がして向いの屋根の上空遠く、赤紫の花が咲いた。

セーヌ河の遊覧船から喚声があがり、その賑わいは船の進行につれてわが家から東のほうへ流れていった。

私たちは徒党を組んでパリ祭の花火を見にいった。

「子供のころ見た隅田川の花火とはまるでちがうんだ。あれも豪勢できれいだったけど、この国の花火は色や光りがもっと大人っぽくて深いんだ。悪だくみを腹にかかえたすばらしい美女の怖さ、だな」

誰かがつぶやいたときポツリと雨がかかった。

雨は次第に激しい吹き降りとなり、花火は黒い夜空に濡れながら咲き、そして散った。

私たちも夜更けて散った。

二ヵ月ほど経ってから、北欧での私へのインタヴュー記事の掲載された総合雑誌が送られてきた。日本人の眼はすべてアメリカを向いているのに、私はひたすらヨーロッパ中心、フランス中心に話を拡げ、筆者がそれを自分が感じているのであろうアメリカや世界を抱きこんだ、地球住民が今考えるべきこと、というようなテーマでまとめていた。

半年前に誕生した素人リポーターとは思えない、舌を巻くほどいい記事だった。

あ、今日本なんだ。消印が赤坂だった。

一年経ったパリ祭の日、電話が鳴った。

「今度は一人で来ましたよ」

ほんの少し黴臭い男の匂いが受話器の中にくぐもってきた。

「今、どこ？」

「シャンゼリゼ。出てきませんか、雨は降りませんよ。きれいな星空です」

「どこからいらしたの？」

「クルディスタン。トルコ側の」

やっぱり会社には戻らなかったんだ。胸にふっと明かりが灯った。国土が腐りそうな日本株式会社の社員臭より、独り暮らしの男の、無精に慣れ親しんだ黴臭さのほうが清々《すがすが》しい。

「で……」

と私は詰まり、つけ足し気味に訊いてみた。

「名前忘れたけど、ワイセツうたったあの方、お元気？　逢ってないかな、ずっと海外暮らしじゃ……」

「逢いましたよ、逢いにゆきました。柩《ひつぎ》に入っていたけど」

「えッ！」

「彼、死んだんです。過労死なのに、勤労過剰死なのに認められませんでした。顧客接待でカラオケ・バーに行って、クモ膜下出血で……」

「いろは色歌をうたいながら死んだ」

「そのとおりです」

本人は覚悟のうえだったのではないか、タガのはずれたこの時期、まさにバブル絶頂の好景気に、一人の男が我武者羅《がむしゃら》に喰いついて果てた。日本国アイデンティティ崩壊の象徴である。心の奥の、七夕の豪雨がふいっと凪《な》いだ静けさの中、潮っぽいしゃがれ声がいろは色歌をうたっている……。

こうして、どうということもなく黴男と私は、七夕やパリ祭が来ると逢っていた。

彼も私も旅人同士、いつも遠いはるかの国にいる。七夕とパリ祭が来る七月になると、どちらかが、どちらかのいる国へ飛んでいった。

ある年、エメラルド色の海を見ながら彼がふっと笑った。

「結婚なんてこと……、あなた考えたこともない？」

「ない」

「すげないな」

「一度したもの、もういい」

「ぼくはどうなるのかな、真剣に考えちゃったぼくは」

「えッ？」

私の胸が法外にドクンと波立った。

「もしかして、あなたとあたしのこと？」

「もちろん、あなたとぼくのこと」

私は途方に暮れながら、ばかばかしいほど体が熱っぽくなった。そんなこと考えてもみなかった。彼は相変わらず海を見ながら言った。

「あなたは、結局は独りが好きなんだ。他人に明け渡す空間はないんでしょ、あるにはあっても独り占めしたいんだよ、孤独を」

熱くなった体に水をさされながら、応える暇《いとま》さえくれない、彼の独りよがりの問答しめくくりはそれなりに的《まと》を射ているので黙っていた。

「いつか誰かが言ったね。悪だくみを腹にかかえた女の怖さ。あなたはパリの花火みたいなひとなんだ」

話者は一人で私は黙るしかない聴衆《ききて》なのだった。

「一度日本でゆっくり逢って、ゆっくり話し合ってみたかった。こんなふうにいつも旅の空じゃなくて。これじゃあ非日常の中で、情念だけが危険なひろがり方をする」

「疲れたの？」

私ははじめて口を挟んだ。

「それもある。いや、それよりぼくはやっぱり日本の男なのかな」

私ははっとして日本の男の顔を見つめた。思いつめた瞳がかすかにずれて、私の好きな斜視の構図になったとき、疲れの澱《おり》が溢れ出ていた。

「大昔の事件なんだけど、伊藤律って知ってる?」

「えッ?」

虚をつかれたように男の瞳が正常に戻った。

「伊藤律って、ゾルゲ事件に関わったとかいう共産党の?」

「どういう関わり方をしたかが問題なんだけど。中国だったかしら、亡命先から老いて弱々しくなって日本へ帰ってきたとき、どこかの雑誌が記事を載せたのよ、『伊藤律の「父帰る」』って。日本の男は亡命できないって」

「はなしを飛ばさないでよ、おれ亡命してるわけじゃないから」

「うん。でも、女はね、平気で亡命できるのよ。腹にかかえた毒は、どこの国の毒とも融合できて、かなり肝《きも》の据《す》わった根を張ることができるのよ」

「それがあなたの答え?　あなたパリにちゃんと肝の据わった根を張っているの?」

胸の中にヒリヒリとした痛みが疼《うず》いた。どう言ったらわかってもらえるのか、所詮不可能なことと思いながら、素直になりたかった。

「私はね、ちがうの、自分を特別扱いするのは虫がいいかも知れないけど、私はもうどこにも根を張ることなんてできないの、遣い古されたことばでいやだけど、私のラシーヌ《デラシネ》は、つまり魂みたいなものは、もう根なし草にされちゃっているの」

言いながら、ちょっとちがうな、これじゃ簡単すぎて嘘だなと思った。

「ぼくと一緒にぼくの中に根を張ることはできないの？」

私は茫漠とした一方的にエゴサントリックなさびしさの中に沈んでいった。

「わかったよ」

しばらく黙ってから彼はまた、つけ足した。

「一度誰かの中に張って失敗した根をもう一度やり直すのがいやなんだ、傲慢なんだよ」

「ちがうの。私は彼の中にもフランスにも根をおろし、枝葉を茂らせることはできなかったのよ、傲慢と言われても根性無しと言われても仕方がないの。そんな私を彼は切り花だと言ったわ」

「あなたが切り花？」

「そう、日本の水をあげないと枯れてしまう切り花だって。自分が日本の土をたくさんくっつけて根ごとかかえて持ってくればよかったんだって。フランス人は非現実的なことば遊びが好きなのよ。もちろん真実はしっかりと底にひそんでいることば遊びよ……。辛い回想はもう止めたいわ」

「わかった。でもあなたがはじめたんだよ。女の毒はどこの土地にも根を張れるって、あれはいったいなんなのさ。つまり結婚というかたちはあなたには合わないんだ」

「簡単に言えばそうよ」

私たちはエジプト第二の都市、二千年も前に栄華を極め、今はすたれて朽ちた姿がメランコリックで美しいアレクサンドリアの町の、港に近い海岸にいた。

地中海に陽が落ちてゆく。

「あなたも不思議なひとだね。この町でクレオパトラのはなしをするならわかるけど、伊藤律とはね。ぼくはくわしくは知らないけど、暗い背信者の影をひきずってる感じで厭《いや》だな。魂は売ったけど、亡命すらできないで尾羽打ち枯らして故郷忘《ぼう》じ難《がた》し……なんて、そんな男とぼくを重ね合わせないでほしいな」

「あらッ、ちがうのよ。全然ちがうのよ。私ひと頃リヒアルト・ゾルゲにとても惹《ひ》かれていたの。彼の獄中日記も読んだし、もう二十年も前だけどあの頃手に入った資料は全部読んだわ。その道すがら伊藤律ってなんなのだろうとチラッと興味を持ったことがあったから、なんの脈絡もなく飛び出しちゃったのよ」

話せば、話すほど私の説明には矛盾だけが残り、自分の生きてきた轍《わだち》を他人に語ることの無謀と無意味を同時に感じた。

「おれ、あなたのことあまり知ってないんだ。話してもくれなかったし」

「話してないことはたくさんあるわ。長いこと生きてきちゃったもの。ほんの一部を語ると誤解だけがふくらむわ」

「うん」

地中海に夜がはじまっていた。

「ねえ」

私は急におちゃらけてみたくなった。

「ん？」

「しつこいけど、クレオパトラだって毒と美貌と知謀でプトレマイオス朝最後の王座に根を張ったじゃない？」

「ああ、彼女はマケドニア系のひとだからね」

私はなんだかうれしくなって笑いながら問いかけた。

「しつこいかな？」

「うん、充分にしつこい」

昼間の暑気がひいて、海風がひんやりと渡る。彼は自分の上着を脱いで私の肩を覆い、細いけれどあたたかい手でしっかりと抱きしめてくれた。

ほんの少し黴臭い男の匂いに蹲《うずくま》って、私は瞬時のしあわせを胸いっぱいに吸いこんだ。

それからまもない晩夏のパリへ男は突然立ち現われた。

「やっぱり一度日本で逢おう」

「それを言いにわざわざ来てくれたの？」

それが魅力になっている彼のことば少なが、このときは気になった。ほんとうにどういうわけか、日本で逢ったことが一度もない。二人一緒に日本にいたことが一度もなかったのだ。

「そう」

その年は冷夏で、私は暖炉に薪を焚《た》き、二人とも寡黙のまま、洋梨のリキュール、ポワール・ウィリアムズを飲んだ。

「やっぱりそうしよう。今度、日本はいつ？」

「来年になっちゃうな。今本を書いてるの」

「それでやっとあなたのことが少しはわかるかも知れない、すぐ読むよ。で、日本はいつごろ？　あなたが拘《こだわ》るなら七夕まで待つ」

「もう拘らない。そんなことしたらまたどしゃ降りの雨になりそう」

「どうして？」

訝《いぶか》しんで私をのぞきこんだ彼から、不思議なことに独り者の男の匂いが消えていた。ほんの少し黴臭かったが、それはいつもの湿ったタオルをよく乾かさないで使う無精者の、あのなつかしい匂いではなかった。黴臭さと香《こう》の混ざり合った、ひどく洗練された人工的な匂いだった。胸にいくばくかの疑心がわいた。

「ジヴァンシィのジェントルマンね」

「何が？」

「オーデコロン」

彼はしばらく私を見つめていた。私だってこの男《ひと》を知ってはいない。彼は謎を含んだ眼差《まなざ》しを解くことなく、やわらかくほほえんだ。

そのまま薪のはぜる音を聴き、刻々に変わる火姿を眺めて黙っている男の、瞳に結ばれた謎は、かたくななほどその影を深め、遂にはじけた、という具合につぶやいた。

「潮時なのかな……」

呑《の》みこんだあとのことばを私はこんなふうに想像した。あなたの前から姿を消す……。勝手に継ぎ穂をしたことばで、勝手に深い痛手を負った。

「あなたの孤独の中に分け入っていく能力が、おれにはないのかな」

ぼっそりと言った。

ほんの少し前、日本で逢う計画にあれほど弾んでいた男が不意に別れを考える。

男が身に刻んだ匂いの変化に女は身をひき、その女の疑念に男はやるせないほどむなしくなる。太古から営々とつづいてきた男と女の不変の行きちがいに惘然《ぼうぜん》となる。

翌年の七夕は雨だった。私は東京にいて仕事をしていた。彼も東京に来ているのだった。東京という迷路の中で仕事中の私を捜すのは容易ではない。でも可能ではある。電話はかかってこなかった。私も東京の彼の連絡先は知らない。調べればわかることなのに私はそれをしなかった。

同じ街に二人がいる、はじめての七夕の夜、はじめて私たちは逢わなかった。天の川は遠いほうがいい。

私は出版したばかりの『砂の界《くに》へ』を彼に送ろうと思った。世界中を歩いている彼ならば、この本をきちんと読みとってくれると思った。

「それでやっとあなたのことがわかるかも知れない、すぐ読むよ」と言った彼のことばが耳の底に残っている。硯《すずり》を出して墨をすった。彼の名前を書き、自分のサインをして封筒に入れて……そして住所がわからなかった。調べることをしなかった。

彼はこの本を本屋さんで買うだろうか。そしてどこかの国へ旅立つ飛行機の中で読んでくれながら、祭り日の花火を憶い出すだろうか。アレクサンドリア、カイト・ベイで諍《いさか》った、伊藤律やクレオパトラの話を憶い出すだろうか。

あまりにも僅《わず》かだったけれど、二人で過ごした密度の濃い、そのくせ不思議に非現実的な透明感のある時間は、彼と私の心にしばらくはたゆたい、遠からずして吹き流れる大気の中に消えてゆくのだろう。

今から三十年経った七夕祭りを思い描いてみる。私はもうこの世にはいなくって、天の川の星くずの陰から見おろす下界には、その日も雨が降っていて、赤いレインコートを着た私の娘のそのまた娘が、ネオンを吹きとばすようないきおいで、銀座だかシャンゼリゼだかをわんわん泣きながら走っているのだろうか……。

“La Ronde”という映画があった。小説もあったはず……。

「輪舞《ラ・ロンド》」。まるく輪になって登場人物たちが手をつないで踊る。

人生、どうということもない。誰かが誰かと逢い、誰かが誰かと別れる。そして、ほんとうに逢うべき人とは、時も場所もまったく異った空間ですれ違ってしまうのだ。誰もが誰もを知っているようでもあり、その実、誰も知らない虚《むな》しい輪舞。

雨の降るその年の七夕の夜、私はその輪の中に入ってゆかない自分を感じる。

ラスト・シーン

ヘブライ大学講師であるO先生の運転で、あまり滑らかではないゴツゴツとした岩石交じりの道に身をゆだねながら、私は、前夜見た夢を不思議な気分で思いかえしていた。夢に登場する人物たちを、誰かに、ではなくたぶん眼覚めたときの自分自身に説明している私、その私を怪訝な面持ちで見ている私……。

背景は瞑《くら》い海だった。日本海……。牙を剝《む》くように縁だけ白い怒濤が高く砕け散り、灰色の冬空に浮いたかもめが、傾いた太陽の光をあびてときどき黄金色に染まったり、黒雲の翳《かげ》りに入ってどんよりと鈍色《にびいろ》に凄みを利かせたりしながら、強い風に吹き流されてゆく。海沿いにある鄙《ひな》びた地方都市の、頬を真っ赤にして着ぶくれた子らが、ちらほらとまだらに遊ぶ姿を追ったりしながら、その人気《ひとけ》ない公園のベンチに私は坐《すわ》っているのだった。子らは一人減り二人減り、誰もいなくなった日暮れるベンチに、なおも私は坐りつづけている。

私は長い毛糸の襟巻をして、ひどくしあわせな眼差《まなざ》しをしている。

その日、その場所で再会を約束した青年が、今は獄舎につながれる身であることも知らず、粗末な手編みの襟巻に顔を半分うずめ、いつまでもいつまでも待っているのだった。

「あれはいいラスト・シーンでしたね。『約束』という映画はあのラスト・シーンを撮りたくて作った映画なんじゃないですかね」

と、夢の中で、現《うつつ》の世界でも何度となくそうであったように、それが癖の、片手を背中に廻してちょっと照れ臭そうに笑いながら大野良雄さんが言うのだった。

はじめてお目にかかったときも、同じことを言われた大野さんは当時、ある化粧品会社の宣伝部長で「おしゃれ」という番組に特に力を入れていらしたようだった。

その「おしゃれ」が何かの記念で企画した、北海道を一周する取材に私は招かれ、大野さんには出発点、札幌でお逢いしたように思う。

取材はかなりの強行軍で、途中どこかの山越えの日、凄まじい夏の嵐に出逢ったキャラバン撮影隊は、山中でひと晩立往生をしたものだった。

たったひと晩の足どめに、まるでノアの洪水に見舞われたようにパニック状態からヒステリックになる人。

左手に峨々《がが》と連なる絶壁が、土砂崩れをおこして頭上に落ちかかってくるとしたら、数十人のロケ隊をどこにどう避難させるのかと、ずぶ濡れになり、つるるんと滑って転んだりしながらも、必死になって周辺探検を怠らない、頼もしいリーダー・タイプの人。

車から車へ、水や缶ジュースを配り、冗談を言ってすでに十時間近い閉塞状態にうんざりしたスタッフを笑わせて歩くすてきな人。

その缶ジュースを飲みながらケ・セラ・セラと漫画本を読み耽《ふけ》る人。

普段はいったいどんなプロダクションで、どんな仕事をしているのだろう。こうした特番でかき集められたフリーの強者《つわもの》たちは、大会社の年功序列、ヒエラルキー・コンベヤーに乗つかって、いざという時に潰しも機転も利かないエリートたちよりは、ずっとたくましく、柔軟かつ精悍《せいかん》でもあるのだった。

嵐はいったいいつ止むのか、トイレはどうしたらいいのか、それにしてもお腹が空いた、と苦情ばかり申し立てているのは、スタッフではなく、大勢いた出演者の中の一人の男性で、かつてはスターであったという、そのうたかたの栄光を後生大事にひきずっている見苦しさを、周囲の冷笑から守るように、次々と気の利いた小咄《こばなし》など持ち出してなだめているのもまた、一人の俳優なのだった。

いつもは画一的にしか見えない日本人の性格にもこれだけのヴァラエティがあるんだ、と、私は感じ入ったものだった。

あれから十年以上経った今、あの人たちはどこでどんな仕事をしているのだろう。

宿命的に一期一会である私たちの仕事仲間は凝縮された時間の中で、どれほど親しいコミュニティを作っても、いったん「お疲れさまッ」と言って散ったあとは、二度とめぐり逢うことがなく終わる人が多い。

かたや実力派であった大野さんは、その後、社長になり、その化粧品会社をパリを中心としたヨーロッパに大きく拡げ、アベル・ガンス演出の「ナポレオン」(一九二七年の大傑作)のオリジナル版を六十年前と同じように生オーケストラつき三面スクリーンで再現し、日本全国九ヵ所で上映するなど、文化的な事業にも進出され、それはそのまま次なる社長の福原義春さんによってさらに大きく花咲くことになった。

「舞踏会の手帖」「天井桟敷《さじき》の人々」「モロッコ」と映画青年であった大野さんの話題は、常にベル・エポックの外国映画のはずなのに、なぜか、まだみそっ歯の残っていたショーケンと私が共演した「約束」がお好きのようだった。

中年にさしかかった女囚と、まだ少年っぽさから抜け切らない二十歳《はたち》そこそこの青年との淡い恋物語は、哀しみを曳《ひ》いて日本海の怒濤のまにまに消えてゆく悲恋なのだった。

夫殺しの暗い過去をひきずる女が、服役中に死んだ母親の墓参を、模範囚であったために看守つきで許され、日本海に洗い晒《さら》された荒寥たる雪原の墓地にぬかずき、ただそれだけで再び鉄格子の内に消えるとき、往復の汽車旅で隣り合わせた青年が、駆け寄ってきて運命にすがるような必死さで言ったのだ。

「ぼくの名前、アキラって言うんだ。明日《あした》っていう字のアキラじゃなく、朗《ほが》らかって書くアキラなんだ……」

私のいちばん好きな科白《せりふ》だった。それを言ったショーケンの、あしたのない二人を暗示するような、抜けるほどに明るい切なさが、前夜の夢を覆うトーンだったのだ。

女囚の刑期が終わるのは二年後、その日、二人が通りすぎた海辺の公園で逢う「約束」は果たされることはなかった。

演技というにはあまりにも行き当たりばったりで巧《たく》まない、風にただようようなショーケンの歩き方や、一途な眼差し。世間からドロップアウトした若者独特の危なっかしいふてぶてしさがあわれだった。巨大な望遠レンズの効果で立ち昇る、灰色の陽炎《かげろう》の中を、歯を喰いしばり、細い体を折れるほどに撓《しな》わせて必死になって走る、蜻蛉《かげろう》のように脆《もろ》いシルエットがあまりにも鮮烈だった。

蜻蛉が壮絶な泣きべそ顔で追い求める中年の女の瞳には絶望に近い灯《ともしび》が、蛍のように青く燃えている。

そういえば、女囚の名前は蛍子《けいこ》だった。

「あのラスト・シーンはほんとうによかった。映画の決め手はラスト・シーンですよ。またああいう映画を撮ってください」

何度かリフレインする大野さんのことばで夢から醒めたのだった。

その夢を私が不思議に思ったのは、そのとき私が、日本海とも映画とも、ましてや、ほんの少し前、過労ゆえと聞いた大野さんの突然の訃報とも、あまりにも遠くかけ離れたところにいたからなのだった。それとも訃報に驚いた私の頭の中に何度となく繰り返された「約束」の話題が突然生き生きと蘇ってきたのか……。

「映画の決め手はラスト・シーンですよ」と言った大野さんの声が耳の底に蘇ったとき、不思議さに追い打ちをかけるように、ハンドルを握っていたO先生が屈託もなく言ったのだった。

「映画のラスト・シーンにぴったりという、ロマンティックなけしきを見たくありませんか？」

「映画のラスト・シーン？」

私は息を呑《の》んだ。そして次の瞬間、靄《もや》のかかった、あまり頼りにならない頭の中で、一人、勝手に納得した。

そのとき、私たちは旧約聖書の世界を走っていたのだった。

ヤコブが通り、ダヴィデが通り、のちにイエスが歩いたであろうはずのガリラヤ湖から南下した道……。あの頃は、みんなが、「夢見」をことのほか大切にしたものだった。

としたら、前夜の夢にはどんな謎がかくれているのか、継ぎ穂のない夢の中の「約束」は何を意味するのか、判じ物を解こうとする私の顔はごちゃごちゃと混雑した表情になっていたにちがいなく、それを吹き飛ばすように連れであり同僚であるM嬢が歓声をあげた。

「ロマンティック？　見たいですッ！」

私たちはNHK衛星放送の特別企画、一九八八年四月に建国四十周年を迎えて、なお多難な道をゆく「イスラエル」の生放送を前日正午に終え、連夜の不眠に身心ともに疲れ果て、私の足のふくらはぎには、ヨルダン川西岸デヘイシャ難民キャンプのパレスチナの子供が、イスラエルの兵士めがけて投げた石が当たり大きな青痣《あおあざ》が疼《うず》いていたのだった。

体の芯に居すわった疲労の底から、善かれ悪しかれ、五日間の短期間でかけめぐり、撮影したリポートや、一時間で燃焼しつくした生放送の興奮がふつふつと沸きあがってくる。

日本だけに住んでいたとしたら、決して出逢うことのないはずのさまざまな事件や、出自にかかわる不当極まる偏見。ユダヤ民族絶滅《ジェノサイド》を標榜したナチスに惨殺されたり、ガス室送りになった両親や親族の無念さを語る人たちを友に持つ私の「ユダヤ・イスラエル」に関する思い入れは深く、本番の中に挿入するため、前もって撮ってあったVTRのナレーションを書き終えたのは、生本番数時間前の、明け方だった。

ヘリコプターからの空撮は、東洋のはずれ、ユダ砂漠のはずれ、ここから西洋がはじまろうとする死海のほとりの岩漠を、低空飛行で嘗《な》めるように写しだしていった。

取りつく島もなくゴツゴツと無愛想に拡がる荒野《あらの》。灰褐色の岩石の割れ目深く、水のない涸河《ワディ》が曲がりくねってひと筋、地獄を裂く大蛇のようにのたうっていた。

「神はこのあたりでは、猛々《たけだけ》しい荒削りの曠野《こうや》と、それに見合った人間たちを創ったのでしょうか？」

画面に合わせて、私はナレーションをそんなふうにしてはじめた。

峨々《がが》として暗く厳しい岩の連山は、やがてひときわ抜きん出て峻険なマサダの砦跡《とりで》に行きつく。

ソロモンの神殿が炎上し、エルサレムは陥落したのに、ユダヤ熱心党《ゼロット》はヘロデ大王が建

て、難攻不落といわれたこの城塞に立て籠り、時の覇者大ローマに三年間もの間抵抗した揚句、もはやこれまでと覚《さと》ったとき、

「イスラエルは敵に降せず。死して罪科の汚名を残すことなし」

と九百六十人が自決して、世に「マサダ魂」の名を残したのだった。

時は紀元七三年。

同じ矜持《きょうじ》のもとに「玉砕」した第二次世界大戦末期の日本軍に先んじること約千八百七十年であった。

ロマンティックをめぐって弾んでいるO先生とM嬢の楽し気な会話を聴きながら、私はまだマサダの砦に、日暮れ方吹きわたったひんやりとした蒼白の風に叩かれている。

叩かれながら歴史の皮肉を考えてもいる。建築王として名高かったヘロデ大王がこの城塞を築いたのは、二つの仮想敵におびえたからだった。一つは、小国ユダヤ存続のため新興にして強大なローマやギリシャに迎合した自分を赦《ゆる》さじとする、ユダヤ過激派。もう一つは、美と知謀で権勢を張るエジプトはプトレマイオス王朝のクレオパトラ七世の侵攻であった。

大王の死後七十余年、彼が誇った難攻不落のマサダを落としたのは、なんと、彼が忠誠を尽くし同盟を結んだ、ほかならぬ大ローマ帝国なのだった。

同じ皮肉は、紀元七三年のそのときよりはるかの世紀にわたり、離散と流亡と他民族への隷属を強いられてきたユダヤが、「土地なき民に、民なき土地を」の強引なスローガンのも

とに「イスラエル」という独立国を建設して以来、パレスチナの人々を「土地なき民」に陥れてしまったことなのだ。

衛星放送草分けのこの時期、パラボラアンテナをつけていたのは、電波の届きにくい山間地帯とか、よほどの物好きでしかなかった。視聴料無料のテスト期間で予算はなく、しかも、私の担当した「ウィークエンドパリ」の日本での放送は、朝の三時。見てくれた人は千人にも満たなかったにちがいない。それにもかかわらず、その、世界でも稀有《けう》なる超低視聴番組を担当した二年間は、まどうことなくわが生涯の輝ける日々なのだった。

特に、パリに移住した二十四歳の私が、ある事件をきっかけに、長年溜めこんでいた解けない疑問符のユダヤ問題を垣間見るきっかけとなった、今回の企画、「イスラエル」！　リポートの尺数に合わせて削除に削除を重ねた数分間のナレーションは、こののち何年も頭から離れないことだろう。

国を奪われたパレスチナの子らが、無残にも張りめぐらされた金網の中のデヘイシャ難民キャンプで私に棒切れを突きつけ、

「これはバルーダ（機関銃）だ。ぼくらはフェダイン（ゲリラ）だ」

と憎悪の溢れる瞳で丘の上から監視するユダヤの兵隊を睨《にら》みつけていた、あの不条理の構図を忘れられないように……。

そして無謀にもイスラエルのナンバー・プレートをつけた車で乗り入れた私たちスタッフに、ガザ占領地区の少年が渾身《こんしん》の力をこめて投げてきた石が、危うく私の眉間《みけん》を砕くところであったことも……。

そして何よりも、二千年の長き流浪と迫害の末「神に与えられたわが土地」と信じて樹立した「イスラエル」独立四十周年記念日に沸くイスラエルの人々にひきくらべ、国を奪われたやる方ない怒りをこめ、黒煙が空を染めるであろうほど古タイヤをそこここで燃やし、すりきれた襤褸《ぼろ》をまとった細い栄養不良の体を、思いのたけ撓《たわ》ませて、力いっぱい石を投じて抵抗するパレスチナの子らの、笑みなどひとはけもない、怨嗟《えんさ》のほむらに燃える強い瞳。

黒煙にゆらぐ陽炎《かげろう》の中、撓んだ体で必死に駆け抜ける少年たちの蜻蛉《かげろう》のようにはかなく揺れる憤怒のシルエットが、突然、女囚の瞳にむすばれた灯に向けて疾駆する「約束」の中の非行少年の必死なはかなさと重なってゆく。

「あ、そうなのよ、そうだったのよ」と私はつぶやく。

「えッ」と訊《き》き咎《とが》めるO先生。

「国なのよ、所属する世界の問題なのよ。国っていったいなんなの、国から国へ駆け抜ける少年は、なぜあんなに脆《もろ》いようで強いのかしら？」

「なんのこってす。インティファーダ？　石の反逆者のこと？」

「反逆じゃないでしょう」

「まさしく失言ですな、正確には反乱者かな」

「O先生、あなたはエルサレムに住みすぎたのよ。国境線を引くイスラエルという今や強者の側に住みすぎたのよ」

「いや、国境云々は別としてエルサレムにもパレスチナ人はたくさんいますよ」

「イスラエルの検問を通って毎朝出稼ぎにくるガザの人たちでしょ？　だいたいおかしいのよ、国とか国境とか、占領とか非占領とか！　もとは同じセム族なのに、時の世界帝国の二枚舌にのせられて右往左往するユダヤ人もパレスチナ人も悲劇だわ」

「それを言うなら二枚舌じゃなく三枚舌でしょう。バルフォア宣言を忘れちゃいけない。もひとつ言えばアラビアのロレンスも忘れじの人です。それにしてもどうしたんです。生本番の後遺症ですか？　このあたりで国境云々は、極めて結構な話題ですよ」

「どうしてです？」

「今だからこそのんびりとロマンティック街道へ向けて走ってますけどね、何年か前だったら、ほらあの山の上から砲弾が飛んできた。ここはシリアとの国境だったんですよ」

「やだ、脅かさないでください。せっかくロマンティックをもくろんでいるのに」とM嬢。

「ロマンティックはまだ二時間も先ですよ」

ロマンティックは凄絶《せいぜつ》な美しさで、突然眼の前に展けた。

雷のような轟音を立てて、燃えるように赫《あか》い落日に真っ赤っかに染まった荒々しい怒濤が砕け、白い砂浜に滲みこむ海は、ローマ時代の巨大な水道橋のすがれた遺跡をじんわりと濡らしてゆく。

海も空も、クレオパトラと睦《むつ》んだ皇帝《カエサル》が造った古代の水道橋も、ものみなすべてが赫く輝き、私は、石の抵抗者のシルエット以来失っていたことばをやっと取り戻したのだった。

「凄い。マサダの城塞から見た死海はあんなに静かだったのに……」

「えッ？」

O先生とM嬢が私を見つめ、前夜の夢で主役を演じた大野さんまでが私の耳元で笑いだすのだった。

「冗談もほどほどにしてほしいですな。死界にいるのは私でして、死海はあなたの後のほう、東南にずっと下ったところですよ」

「エッ」

と私、心もとなく訊き返した。

「恵子さん、しっかりしてくださいよ、あなた方向感覚めちゃくちゃですね。リクツとしてもですよ、死海はいわば塩と硫黄を含んだ湖ですよ、こんな壮絶な波が立つと思いますか？」

あきれ果てたO先生の顔に憫笑《びんしょう》が浮かび、私は素直にネをあげる。

「なーんだ、これ地中海ですか。私たち地中海の最東端にいるのね。いつも反対側から見ているから。東側から見てみれば、姿も変えなむ外国《とつくに》の海……か」

「なにがとつくにですか、国境を云々する人が。ま、いいか、ここはカエサリア、つまり皇帝《カエサル》の水道橋が地名です。この海岸線を車で一時間半ほど下ると明日、パリ行きの飛行機に乗るテルアヴィヴですよ」とO先生。

「ハイジャックが怖いわネ」

「よく言うよ、ハイジャックどころかイスラエルは岡本公三をまだ忘れてはいませんよ」

「それは身に沁《し》みてわかったわよ、パリ出発のときも、この国へ着いてからも日本人への検問の厳しさには驚いたわ」

五日間の疲れが急にすとんと抜けて身軽になり、深々と赫い空気を吸って冗談を言ってみた。

「あたし、泳いで帰ります。真っ直ぐ行けばフランスへ着くでしょう」

「ときどき、進路をたしかめたほうがいいでしょうな、クレタ島あたりで頭をぶつけてエーゲ海に迷いこむのが関の山でしょうな。あなたの方向感覚と時間感覚に関しての私見をあえて申しのべますとね」

「ハイ」

「かなり損傷気味、というか生来破損し果てた機能を授かったというか……」

「なんなのでしょうッ」

「マサダの砦に登ったとき、あなた、『何よこれ、なんの情緒もかなしみもない、まるで間の抜けたティラノザウルスの化石みたいじゃない』とのたまいましたね」

「ハイ、のたまわせていただきました」

「二千年も前の惨劇を、真っ昼間のただの岩山でしかないマサダがなにがしかの情緒をひそめて、観光客の涙を誘うとでも思っていたんですか？」

「ご賢察おおきにお世話さまでございます」

「ま、いいとしましょう。で、あなたは夕暮れどきを待った。星が出はじめたら、急にその気になって、散った人たちの魑魅《ちみ》魍魎《もうりょう》が夜風に乗ってはためいているとか、あ、シオンの丘に一番星が咲いた、とかおっしゃいましたですよね」

「ですよ。で何か不都合がございました？」

「ございましたですよ、地図を見れば明確であるように、マサダから見たシオンの丘はまさに真北で、一番星、つまり宵の明星が出るのは反対の空……じゃなかったかな。ぼく星座にはあまりくわしくないけどさ」

「へんな人、一番最初に見つけたのが一番星なのよ」

「そんな、童話的思いつきで天体図を変えられちゃたまりません」

　ふーん、とたんに前夜見た夢が生き生きと蘇ってきたのだった。

「あの一番星は、そういえばとても低い位置に咲きましたね。星ではなく、あれは蛍だったのよ。『ほら、蛍が飛んだよ』ってあのとき橋の上の、夜になる前の黄昏《たそがれ》の中で青年が言ったのよ」

私の夢などあずかり知らないO先生もM嬢もぎょっとしたようだった。

「ちょっと恵子さんッ」

「そう、女囚の名前はケイコ。めぐむっていう字の恵子じゃなくて、蛍って書くけいこなの」

二人は息を呑んで、私を見つめた。毀《こわ》れているのは方向感覚や時間感覚だけじゃなく、いちばんひどいのは頭の中味だと思ったらしい。

「映画なのよ、いつか撮った映画の科白《せりふ》なの」

「ついてゆけないな、とても」

「いいのよ、ついて来てくれなくて。ついて来たって追って来たって、どうせ誰もかも、はぐれてしまうんですもの」

「それより」

しばらく寡黙だった前夜の夢の大野さんが、また現《うつつ》の私に囁《ささや》くのだった。

「ここですよ、まさにここ以外にあり得ませんよ」

「何がですか?」

「ラスト・シーンですよ。次の映画のラスト・シーンはカエサリアの夕陽です」

大きくて真っ赤に燃える太陽は、そのときクレタ島のずっと向うの、まだその向うの海の果てに沈み、残照をうけて黄金色に輝いた大野さんのちょっと照れ臭そうな笑顔も涯《はて》しなく遠のいて消えていった。

O先生とM嬢が、幻想にひたる私に愛想をつかして波打ち際で金色に揺れている。金色の波頭に日本海の黯《くら》い怒濤が砕け、北海道の山越えを足止めさせた夏の嵐がマサダ砦を覆い、スローモーションで黒煙の中を走り、体を撓《しな》わせて力いっぱい投石するガザの少年の姿に、暮れゆく日本海をバックに疾走するショーケンの姿が重なってくる。民族として、また個人として、自分の居場所のない人たち……。私の廻りから音が消えてゆく。

私はどこまでが夢だったのか、今も夢の中なのか、じっとりと疲れながらもへんにきらめいている頭の芯で考えてみる。そして、覚ったのだった。夢ではないたった一つのたしかなこと、それは心の底に湧きあがる、けんらん豪華な夕景の中に、不思議なほど静かに拡がってゆく、「イスラエルとパレスチナ」を思って綴《つづ》る私の映像のひと群れがフェイド・アウトする、音のない一つのラスト・シーンなのだった。

栗毛色《シャタン》の髪の青年

島の真ん中に一本だけあるサン・ルイ島通りを、東から西に向かって真っ直ぐに歩くと、ちいさな広場に出る。レストランやビュストロやキャフェに囲まれた広場はいつも賑わい、西のはずれに、河向うのパリ左岸へと結ぶちいさなサン・ルイ橋がある。

橋は車の乗入れ禁止、歩行者専用である。土日祭日は人種の坩堝《るつぼ》、奇抜な技で大道芸人たちが観光客を集める。短い橋なのですぐに黒山の人となり、通り抜けるのがむずかしい。週日の放課後や、長い夏のヴァカンスには、小・中学生たちが近所のスーパーや八百屋でもらってきた木箱をななめに積み上げ、そこに細い板を載せて逆滑り台状の遊び道具を組み立てる。

それを目がけて橋の向うからスケートボードを勢いよく漕いできて、いっきに板を登りつめて宙に跳び、空中で体をコマのように廻したり、熟練者は見事な宙返りをしてきれいに着地する。

オリンピック競技なみにスリル満点で、見物人は歓声をあげて拍手をする。日本ほどではないけれど、フランスの子供たちも人眼を意識するとパフォーマンスに磨きがかかる。

ほとんどプロに近い大道芸や、大技小技を取り入れての眼を奪うパフォーマンスのメッカは、ここからほど遠くないLes Halles《レ・アル》（元パリ中央市場）の大広場なのだが、ここは、その小規模版として、普通の子供たちの自由で大胆な遊び方が呼び物となり、よくテレヴィ・キャメラが入る。

ある日、私もその中の一人だった。

地元・神奈川テレヴィでつづけている「時代気分」のパリ篇のロケ撮影である。その日の対談相手は少々レヴェルの高い硬質な話をするにちがいないと予想して、タイトルバックには生き生きとはずむ真夏のパリの楽しい点描を入れたかった。

夏の昼日中《ひるひなか》、この橋で遊ぶ子供たちは、貧しくてヴァカンスには行けない、けれどいじけたところなど微塵もない元気いっぱいのいたずらっ子たちである。

キャメラマンとオーディオマンと私の三人。拾い撮りは身軽にかぎる。

このフランス人キャメラマンとは十年来の仕事仲間なのだ。ドキュメンタリー・キャメラマンとしての腕は確かである。一匹狼で、仕事をとるときちょっと汚い手を使う、と言う人もいるが、何が汚なくても撮る〝絵〟がきれいなら私はいい。

ひらりと空を飛ぶ十二、三歳の少年が、空中で右手を高くあげ、大きくVサインを出した。ひどくカッコいい。板をはなれて跳び上がるところから映像をスロー・モーションにして、Vサインを掲げるところで一瞬ストップ……と私は頭の中で編集をしていた。と、そのとき、通行人のひとりが身をねじるようにして少年を見上げ、フレームの端に影を作った。

「今のが完璧」

とキャメラマンが言った。

「ひとり、気になる影が入ったわね」

「あの人影、気になる？」

「なる」

「自然でいいよ。他にも通行人は入ってるし」

「でも彼、跳び上がった少年を振りかえって見上げたでしょ」

「あれがよかった。プロフィールをばっちり押さえた。いい顔だったよ」

「でも、あの顔は少年の影をうすめるわよ。なんだか存在感がありすぎて絵の中心がぶれちゃうわよ。もう少し粘ってみない？」

「大丈夫。アングルもサイズも変えてたくさん撮った中に、今のと同じくらいいいのがある。ほら、順番待ちしてるあのピエロみたいなずだ袋のちびっ子をド正面から撮った。派手なアクションが空抜けで、よかったよ」

私もピエロ少年がいちばん絵になるとは思っていた。

私たち三人は、島の南側の河沿いを歩いて、ほんの五、六分の距離にある私の家へ戻った。パリでも日本でも、私はわが家を仕事場にしている。

本編集はできないけれど、撮った絵をプレヴューしての仮編集はスタジオなどより馴染《なじ》んだ空間でやるほうが私としては発想が拡がる。私たちはサンドイッチを頬ばりながら、撮ってきたばかりの橋上スケッチを点検した。

「あ、今のくだりちょっとバックして」

「えッ、さっき存在感がありすぎるとか言って君が没にした通行人の影だよ」

「わかってる。ヤケにくっきりとプロフィールが浮いてるのね」

「当然さ。ぼくの狙いだった」

「どういう狙い？」

「宙に浮いてる子供と、この通りすがりの男とは一秒の何分の一かの間、眼が合ってるんだよ」

キャメラマンはテープを戻してその瞬間を静止させた。

「ここで、ストップ・モーション。子供が男の頭を跳び越えて着地するまでをスロー・モーション……」

「私も同じようなことを考えていたわよ。順番が逆だけど……」

言いながら私は静止している画面上の男の横顔に見入った。四十代後半だろうか、端正な面差《おもざ》しが私の心にひっかかった。見知らぬ顔ではない気がした。だけど、いつ、どこで見た顔なのだろう。

「これ使う？」

とキャメラマンが気をよくする。

「ううん、やめとく。パリの点描にあまり凝った絵を使うと重くなる」

「別に凝った絵じゃないよ。何をこだわっているの?」

「うん……、どこかで見た顔のような気がして……やっぱり、ピエロ少年でいこう。可愛いし、おどけてるし、魚屋のおじさんの顔につなぐのにはあの子のほうがいい……」

編集の女性も加わって、たった二、三分のタイトルバックを作るのに、私たちは楽しみながら午後いっぱいを費やした。


パリの夏は短い。

八月の声を聞くと樹々の葉はもう色づく。

世界中で、たぶん私のいちばん好きな散歩道、ベチュルヌ河岸の並木の葉が落ち、つづくオルレアン河岸の銀杏《いちょう》の落葉がセーヌ水際《みずぎわ》の遊歩道を一面黄色に敷きつめるある日、私は一人でサン・ルイ橋を歩いていた。

紙が複雑にからんで動かなくなったコピー機の修理を頼みに左岸へ渡るところだった。

九月の新学期が始まり、観光客も散っていった橋の上は静かで、五、六人の少年たちがローラースケートをしていた。

冬が来る前の透き通った秋の昼下りである。川風が少し冷たく私はコートの襟《えり》を立ててはや足になった。

向うから同じように片手で襟を立て、片手はコートのポケットに入れた一人の男が歩いてくる。

四十代半ばか後半に思える背の高いその男は、顔を真っ直ぐ私に向けているのに眼は私を通り越して遠くを見ていた。

頬が削げ落ちて、眼だけが熱をおびたように黯《くら》く光っているその男を、私は前に見たことがあるような気がした。細いシルエット、妙にエレガントな歩き方……。ほんの数秒のことかも知れないが、私は忙しく記憶の中をさまよった。無帽の頭には、ところどころに白いものが交じって、かつてはきれいな栗毛色《シャタン》であったろう長髪が川風に吹かれて乱れていた。

男は至近距離まで来てぎょっとしたように足を止めた。先刻から自分に注がれている私の視線を感じたのだろうか。

私も足をゆるめた。男の顔には、ぴしっと締まった頬から顎にかけて二、三本の縦皺が刻まれ、それが言いようもなく魅力的な陰影を作っていた。

グレイの瞳に、ほんの少し肉感的な唇。

瞳の中には、遠目に見たときよりも濃い翳《かげ》りが宿り、玉虫色の光りが浮いていた。

疲れているようでもあり、闘いを挑む前の静寂に身をひそめているようでもあった。

いずれにしても、ただすんなりと世の中を渡ってきた人間にはない、やや頽廃的な匂いが嗅《か》ぎ取《と》れた。男が、訝《いぶか》しんだ眼差《まなざ》しで私に何か問いかけようとしたとき、「パルドーン、ごめんなさあい」という悲鳴が聞こえて、猛スピードで走ってきたローラースケートの少年が男にぶつかり、さらに勢いあまって橋の欄干《らんかん》に衝突して転んだ。

私たちが急に立ち止まったから少年の走行目算が狂ったのだろう。肩にしたたかな衝撃を受けた男は、すみやかに体勢を立て直し、欄干につかまりながら泳ぐように前のめりになった少年を助け起こそうとはせず、風に騒ぐ川面に視線を移した。

少年に押されて一メートルほどよろけた男は、それまでとは逆位置になり、私とは背中合わせとなった。その背中をゆったりと廻して私を振りかえった男の顔が、逆光の中でくっきりとしたシルエットを作った。

あ、あのプロフィール……。それは、夏の日、Vサインをしたスケートボードの少年を振り仰いだあの横顔にちがいないのだった。私はあのとき、そのプロフィールに影の濃すぎる存在感を感じて編集からはずしたのだった。

どこかで見た顔、と思ったのは、撮影中ではなく、プレヴューをした時だった。その顔が、今眼の前にいる。男は二、三歩後ずさりに歩きながら、妙に気になる笑いに唇を歪《ゆが》めた。自嘲のようにもとれるし、私をあざ嗤《わら》っているようにもとれる。しげしげと私を見定めてから、ひどく官能的な笑みを消さずにつぶやいた。

「Excusez-moi《エクスキューゼモア》 madame《マダム》, bon après-midi《ボンナプレミディ》……(失礼しました、マダム。よい午後を……)」

声に聞き憶えはなかった。男はそのまま、また一歩、後ずさり、最後に私を見たその瞳に、淡いノスタルジーのようなものが、ほんの一瞬浮かんで消えた。そして、コートをひるがえして足早に去った。

不思議な嫌悪感が残った。甘ずっぱく、うしろめたい嫌悪感だった。

声に憶えはなかったが、「マ・ダ・ム」と区切るように発音されたアクセントに聞き憶えがあるような気がした。フランス人ではない。アメリカ英語風なアクセントではあるが、アメリカ人でもない……。

私はなんだか腹が立ってきた。何が「失礼しました、マ・ダ・ム」よ。馬鹿にしないでよ。

声に出して言った。声は川風に吹き流されて、男の立ち去った方角にたなびいて消えた。

それからしばらくして、私はパリを後にした。二ヵ月遅れぐらいで日本にも冬がはじまっていた。久し振りに坐《すわ》った自室の机の前方に、いつ見ても惚《ほ》れ惚《ぼ》れとする横浜の夜景が拡がり、極端に節電したベイ・ブリッジの、光りの都パリと比べるとあまりにも貧相な照明が、それでも精いっぱい青くまたたいている。

パリのわが家と横浜の実家、いずれも私の家である遠隔の二点に立ち戻るたびに、時差もさることながら、最近特にひび割れるような痛さを伴った亀裂を感じる。頭にも、心にも体にも……。できることなら国も家もたった一つがいい、と贅沢《ぜいたく》なことを考える。たった一つの国も、たった一つの家もなく、飢餓や疫病や民族浄化の恐怖にさらされ、国から国へとさまよい歩く難民があとを断たないというのに……。そこまで思いつめる自分が滑稽にも思え、ふと、机の上に四、五冊重ねてある本のうち、六、七年前に読んだミラン・クンデラの『不滅』を手にとってみる。

ぱらぱらとページを繰っていたら、もう黄色く色変わりした二枚綴じの切抜きがパラリと落ちた。

「プラハ幻想――クンデラ『不滅』によせて」

ある雑誌に頼まれて書いた、二ページの短文だった。六年前に書いたもので、読みすすんでいくうちに私は肌が粟立《あわだ》ってくるのを感じた。自分の書いた文章に感じ入ったのではもちろんない。ここに登場する二人の実在の人物と、登場はしないのに、六年前のその頃、私の深い関心を惹《ひ》いていたミラン・クンデラという作家をからめての幻想を、私はこの夏のパリで、また秋風の立つサン・ルイ橋の上でチラとも憶い出さなかった自分の赦《ゆる》し難《がた》いうかつさに唖然としたのである。

忘れ果てていたその内容は、こんなことなのである。

――ミラン・クンデラという人が、あのときどんなことを感じ、どんなことをしていたのか、と、私はクンデラ流の時間と場所と人物が自在に交錯する世界を想像してみる。

あのときとは、一九六八年の春から夏にかけて咲いた束の間の「プラハの春」である。

それは「人間の顔をした社会主義」のスローガンを掲げて、自由化政策を押し進めたアレクサンドル・ドプチェクによってチェコにもたらされた、枯木も芽を吹く雪解けの春であった。

偶然、私はそこにいたのだった。——

この年は、世界中に決起した学生が、暴動やデモで既成の権力や矛盾と戦った象徴的な年でもあった。

パリは、日本で「五月革命」として伝わっている学生騒動のただなかだった。

中央集権体制の中でますます強化する管理社会へ抗《あらが》い、学内の待遇改善を要求して大集会を決行したパリ大学ナンテール分校の学生たちに大学側が警官隊を導入し、流血事件になるや、労働者も合流してド・ゴール政権をゆるがす、全国的ゼネストに発展し、まさに革命の名にふさわしい大混乱がフランス全土に拡がった。

ソルボンヌ大学の門にアナーキストの黒旗が立ち、ヴィクトル・ユーゴーの銅像に赤旗を持たせた改革派の意気は軒昂《けんこう》だった。

商店はピタリとドアを閉め、砂糖もメリケン粉もガソリンもまたたく間に姿を消した。

サラダ油五十リットル、じゃがいも百キロと眼の色を変えて買い占めるパリジェンヌたちをせせら笑っていた私は、ある朝コーヒーに入れる角砂糖がなくなってうろたえたものだった。

そんなある日、「天井桟敷《さじき》の人々」などで、古いフランス映画ファンを魅了した舞台俳優ジャン・ルイ・バロウが、オデオン座で、学生と労働者を支持する煽動演説《アジテーション》をするというので、野次馬根性まる出しで駈けつけた私は、劇場に行き着く前に、カルチェ・ラタンで機動隊の催涙弾を浴びて眼がかすんで見えなくなった。

闘争のいちばん激しかったムフタール市場の坂上の広場では、のちに「国境なき医師団」を創設することになる若きベルナール・クシュネールが、機動隊に石をぶつけていた。

この騒動のさなか、夫は偶然にもチェコでドプチェクの新政権を望む学生問題を予測した脚本を書き、プラハでその映画のロケ撮影をしていたのだった。

革命騒ぎで電話は市街へさえも通じず、ましてや国際電話となると急病のとき以外はいっさい受信されなかった。ドクターである夫は重病の妻の病状を訊くため、と念の入った申請の末毎日連絡をくれていた。

「具合はどう？　熱は下がった？」

など盗聴を恐れて一連の嘘科白《うそぜりふ》のあと本題に入る。

「ヴァンセスラス広場で学生たちがわれらに自由を！　と叫びながら赤旗を燃やしている」

と夫。

「あら、パリではやっぱりわれらに自由を！　と言ってるけど赤旗を掲げているわ」

「当然さ」

私の政治オンチは夫に絶望感を与えるらしく、わけもわからずデモ隊に紛れこんで催涙弾を浴びるより、今、チェコスロヴァキアに起こっているソ連型共産主義の変貌の様子を見に来い、とのことだった。

とはいえ、私はまだ、何がソ連型共産主義なのか、ドプチェクがどう偉いのかなどにさしたる知識も関心もなく、その私を知りつくしている夫は、電話の向うで笑った。

「自分の眼で見て感じることを感じればいい」

「何も感じなかったら？」

「それはそれでいい。見たものは必ず、頭か体のどこかに残るものだ。プラハは美しい街だ。旧市街にあるカレル橋はきっと君の気に入る……」

というわけで、私は次の日、軍用飛行場からチェコの首都プラハへ飛び発って行った。通常の飛行場は革命ですべて閉鎖されていて、プラハへの出発許可も、元・対ナチス抵抗運動の功労者としての夫が手配してくれたのだった。

予測したとおり、後にいう「プラハの春」がいったいどこにどう咲いているのか、私には皆目見当もつかなかった。まだ幼女であった娘を抱いたり、手をひいたりして、ロケを終わって疲れて帰る夫の解説を待つ間、私は中世風の荘重とメランコリーがただよう、たぶん、世界でパリの次に美しいプラハの古い街を毎日のように散歩した。

そんなある日、旧市街にある広場の、有名な天文時計塔の前に立ち、錆《さ》びついた鐘の音を聴きながら、入れ替り立ち替り現われる十二使徒たちの人形を見上げていた。

その私の肩を、「失礼いたします、マダム……」と言いながら、遠慮がちに叩いたのは、二人連れの青年だった。というより一人は少年に近かった。

緊張しているのか怯《おび》えているのか、伏し目がちな眼で四方の様子をうかがっていた。

「ドルをお持ちじゃありませんか？　公定価の五倍で買いたいんです」

低い早口にせき立てられて、私が思わずハンドバッグを開けると、少年っぽく見える金髪の子が慌てて私の手元を制した。

「ここじゃまずいんです。人に見られると困るんです」

かなりちゃんとした英語だった。

観光客用なのだろうか、ちょうど通りかかった二頭立ての馬車に、年嵩《としかさ》に見えるほうの子が走りながら手をあげた。きれいな栗毛色《シャタン》の髪が風に散った。

娘を入れた私たち四人は、馬車の中で外から見えないように身をかがめた。お行儀のよい良家の子息二人が、思いつめた顔で私が差し出した数枚の百ドル札を、相変わらず身をかがめたままポケットにねじこむ姿を見て、まるでスパイ物か麻薬密売の映画のワンシーンを演じているようで、思わず吹き出してしまった。シャタンの髪の子がきっとした眼を上げた。

「何がおかしいんですか？」

これもかなりきちんとしたフランス語だった。

「もうすぐ旅行も自由になるんでしょうに、なぜそんなに急ぐんです。なぜそんなにドルが欲しいんですか？」

フランス語の私の問いに、フランス語を話すシャタンの子が、呆然とした眼差《まなざ》しで私を見つめた。

「ソ連が黙って見ていると思いますか？」


ソ連は黙って見ていなかった。ワルシャワ条約をふりかざして、ソ連戦車が同盟五ヵ国軍を従え、チェコスロヴァキアに踏み入ったのはそのときから三ヵ月経ったその年の八月二十日の深夜、翌日には全土を占領下に置いていた。無残なほどの早業だった。

こうして自由化への改革に花を咲かせたドプチェクはソ連軍に逮捕され、束の間の「プラハの春」は淡雪のように蹴散らされたのだった。

でも、二頭立て馬車でガス灯の煙る石畳の道を往く私は、そんなことは露ほども予見できず、眼の前にいる二人の男の子の家庭や身分に興味を持った。二人の身分は医科大学生。英語をはなす金髪の子は十八歳で、両親とも学者とのこと。フランス語をかなり流暢にはなすシャタンの子は十九歳、父は弁護士で母は医者とのことだった。

「二人とも、どうしてそんなに英語やフランス語がお上手なの?」

シャタンの子が、少し挑戦的な眼ですくい上げるように私を見た。

「フランスや日本とはちがうんです。チェコ語だけ話していればいいというには、ぼくらの国は小さくて弱いんです」

含蓄のあるこの言葉を、私がほんとうに理解するのは、かなり後になってからのことだった。

自分の眼で見、耳で聴き、肌で感じることだけを信じる、というのは夫の口ぐせで、私にもいつしかそれが乗り移っていた。こうして私は二人の、いずれ劣らぬ美青年の案内で、旅行者には見えない「プラハの春」真っただ中の市民生活を、ほんの少しだけ垣間《かいまみ》見る日々を過ごしたのだった。

この青年たちとの奇妙な関係は後述することにして、六年前に書いた短文のポイントに戻ると、この二人の青年の影を下敷きにして、私が触れたかったのは、同じチェコ人であり、「プラハの春」の強力な文化的支援者であり、その挫折後に教職を追われ、著作を発禁処分にされ、フランスに亡命を余儀なくされたミラン・クンデラのことであった。

彼の名を聞いたのは、金髪の少年の両親からであったと思う。もちろんその時点で私はクンデラの名も作品も知らなかった。

それから二十余年も経ったパリで『不滅』を読んだのは、忘却の底に沈んでいたクンデラの名前が、絶賛の書評記事で記憶の中に急浮上したのか、単なる偶然なのか、今はもうわからない。とにかく私はあるたしかな衝撃を受けた。そして書いたのだった。

あのとき、時計塔の下で私の肩を叩いたのが、二人の医科大学生ではなくて、ミラン・クンデラだったらどうだっただろう……と想像するのは、かなりドキドキする刺激的なことである。

振り向いた私が日本人だと知ったとき、彼の中の日本はどんな姿をしていただろうか。それとも四分の一世紀も昔の東ヨーロッパの人々にとって、日本はまだ顔や姿を持ってはいなかったのだろうか……クンデラにおいてさえも。

振り向いた私は、少なくとも『不滅』の第六部、ルーベンスという綽名《あだな》の男と人妻が密会する情事の場所を快適にさせた「……パリの大きなホテル……日本人がいるせいで、特徴も根もない場所……」というかなり不名誉な日本人像に、ほんの些細な色づけをするぐらいのことはできただろうと自惚《うぬぼ》れてみる。

この箇所でクンデラが必要としたのは、日本人という人種への判定ではなく、主人公をほっとさせる、無人格な背景としての集団だったことを承知のうえで。

残念なことに、他とコミュニケーションしない日本人の集団は、今もってアノニム（匿名性・無人格性）の代表選手である。

私が天文時計の人形を眺めていた頃、同じプラハのどこかで、『微笑を誘う愛の物語』や、代表作『冗談』をすでに脱稿していたはずのクンデラは、束の間《つかのま》の自由化をどんな思いで見つめていたのだろうか……。

そしてまた、ソ連軍を主とする五ヵ国連合軍が、一夜にして花咲く春を流血の惨事に変えたとき、ワルシャワ条約機構加盟八ヵ国の中で、プラハの春を擁護し、ソ連に敢然と立ち向かった勇者の一人、ルーマニアのチャウシェスク。あの清々《すがすが》しかった若き指導者が、たかだか二十一年後、一九八九年のクリスマス、権力にただれ、自らのメガロマニーに足をすくわれて朽ち果て、処刑されていった姿を、今のクンデラはどう見るのか。

ソ連に占領されたチェコには、その後、当然のようにソ連共産党ブレジネフ書記長の傀儡《かいらい》となり下がったチェコの新政府による「正常化」がはじまり、さまざまな迫害を受けたクンデラが亡命先のフランスで『笑いと忘却の書』を発表するや、チェコスロヴァキア政府はクンデラの市民権までを剝奪したのだった。

このときからの二年間、クンデラは国というものを持たない無国籍者となる。

彼にフランスの市民権を与えたのは、一九八一年に社会党政権を樹立した、ミテラン仏大統領だった。

他の多くの優れた亡命作家と同じように、受け入れてくれたからといって、彼は亡命先であるフランスという国にすみやかに順応したり、感謝したりはしない。

クンデラが「おお、フランスよ！　汝は『形式』の国だ。ロシアが『感情』の国であるように」と言うとき、私は拍手喝采する。

ただし、私の場合「感情」の国は日本なのだ。

東ヨーロッパの長い圧政の中にかがまりこんで鍛え抜かれたクンデラの闊達《かったつ》な無頼《ぶらい》さは、その大胆で柔軟な飛躍や、かなり手のこんだ意地の悪いユーモアや、見事なほどにあけすけで、しかも抑制の利いたエロティシズムと共に私にはまぶしい。

洗練され抜いた揚句、今、疲弊している（と、クンデラの言う）西ヨーロッパの一つの中心、パリという街に住んではいても、私は所詮、何百年という長い間、海という安全圏に抱かれて、川魚や蕗《ふき》のとうを食べて暮らした大和《やまと》民族の末裔なのである。

あるインタヴューの中で彼は言っている。

「私の想像力の地理的空間はどこにあるのか、あい変わらずチェコにあるのか、それともフランスに移ったのか、あるいはそのいずれでもなくて全世界の中に拡がってしまったのか、さらにそのように根があやふやになった想像力の地理的空間をどのように小説の中で生かすのか」

そのクンデラがよわい六十五歳を過ぎて、母国語であるチェコ語を捨て、直接フランス語で小説を書きだしたことには、たぶん深い彼流の思いがあるのだろう。

ノーベル賞候補にまでなり、一九八九年に世界の焦点となった東欧のドミノ式民主化で母国チェコでの発禁処分は解かれ、いつでも大手を振って祖国帰還が可能になったとき、彼は、あえて『La Lenteur（『緩やかさ』）』をフランス語で書いた。

同じ東欧からの亡命作家、アゴタ・クリストフが三十歳になって習いおぼえたフランス語で、あのすばらしい処女小説『悪童日記』を書き下ろしたことと同じように、私にとっては驚異である。

強いられた亡命を、逆手にとって、異文化・異言語の世界で自分を解放してゆくしなやかな強さ。二百年前にフランス革命によってプロシアに亡命したシャミッソーが、名作『影をなくした男』をドイツ語で書いたように——。

祖国を追われるとは、それほどのことにちがいない。

私などは「形式」の権化《ごんげ》であるようなフランス式〝公式文書〟も満足には書けないていたらくである。

かたや、馬車の中でほんの少し恨みがましく言ったシャタンの青年のことばも憶い出す。

「……チェコ語だけ話していればいいというには、ぼくらの国は小さくて弱いんです」

そのことは、時計塔から約二十年を経た一九八九年の三月から夏にかけて、ユーゴスラヴィアを皮切りに、ポーランド、ハンガリー、ルーマニアなど問題の東欧諸国を廻ってしみじみ感じたことだった。

ベルリンの壁が崩壊して世界中が愕然としたのはその年の十一月だったけれど、実際に歩いてみれば民主化への胎動は、特にポーランドにおいてまざまざと感じたことだった。

どこへ行っても自国貨幣のすさまじいインフレで、市民はドルを買いあさり、いざというときの亡命先を考えていたのではないか……。

ちょっとしたインテリは、まずドイツ語を、そして英語、フランス語、ロシア語につづいて日本語のうまい学生が多いのにも驚いた。

東欧、特にワルシャワやブダペストには大学に優れた日本語科があるのだ。

政情不安な弱小国は、自国語だけではやっていけないのである。

弱小国でなくても、「まずは近隣の敵を知れ」は、古代から日本の名将の知恵であったはずなのに、どういうわけか、第二次世界大戦のとき、日本は敵性語である英語を教科書や日常生活から抹殺してしまった。

敵を知るべし、から拒絶すべしという愚策をとった軍国日本の罪は重い。私たちは未だにその後遺症をひきずって、大事なサミットや、国際会議で影のうすい日本代表者に情けない思いをする。

やれやれ橋上の人影から、なんとまあ長い道草を喰ってしまったことか！　でもこの道草の部分こそが、見てしまった私、聞いてしまった私、興味を持ってしまった私が、それ以前の私自身を私なりに変革していった要素でありプロセスなのである。

「自分の眼で見て、感じることを感じればそれでいい」

と言った夫の術にはまってしまったことになる。

渡仏して間もない私が、ある衝撃的な事件をきっかけに、ユダヤ問題に関心を持ちはじめたのは二十四歳の夏のことである。

それは拙著『ベラルーシの林檎《りんご》』に詳述したので重複したくはない。

それは、若かった私を根底からゆさぶった事件ではあったけれど、それでも私は、現実に起こる地球の上の諸問題や、フランスの社会問題などに、決して敏感に反応していたわけではない。

わが家に集まるキラ星のごときフランスの作家たち、アンドレ・マルロオ、サルトル、ド・ボーヴォワール、レイモン・クノー。第一線のジャーナリストたち、そして映画スターでありながら、積極的に政治的な立場を表明し、共産党に入党（当時）して過激な発言も憚《はばか》らなかった、イヴ・モンタンとシモーヌ・シニョレ夫妻などに驚嘆し、幻惑され、めまいを感じたりもしたけれど、それは、なんとなく気分を高揚されただけで、私が自分の内的変革を自覚することはまったくなかった。と、思う。

私は、自ら去った映画にやるせなく恋し、好奇心だけが人一倍強い、けれど全体的に意識の低いごくふつうの人妻でしかなかった。

宵闇の馬車の中で、数枚の百ドル札を、まるで命綱でもあるかのように深刻な面持ちでポケットにねじこむ二人の青年の姿を見たのは、そんな私をひどく刺激した。

闇ドルを買えるこの子たちはいい。けれど、他の人たちは？　ソ連が攻め入るという懸念に、これほど怯《おび》えなければならないこの子たちの両親は、ドプチェクの自由化運動に表立って参加しているインテリ運動家であるのか……。

金髪の子の両親は、その頃、幅広い読者層を持っていたクンデラを激讃していた。とはいえ、私はまだそのクンデラを知らなかったのだし、ざわざわと波立つような「プラハの春」を、二人の青年の案内で至極ノンシャランと見物していた。臆面もなく公定価の五倍もの額で替えたお金で、郊外の骨董屋で見つけたチェコならではのクリスタルの手作りコップやブルーグレイの繊細な花瓶を大量に買いあさった。

美しい旧市街。朝靄《あさもや》に煙るカレル橋。うってかわって素っ気《そけ》なく立ち尽くす、新市街。小さなスクエアーに灰色の建物があり、「カフカの生家」と記されていたのはプラハ旧市街のどのあたりだったのか……。

パリへ発《た》つ前日、私は栗毛色《シャタン》の髪をした青年の家を訪ねた。

両親が不在だったので、私は金髪の子の家でも、夫と共に晩餐に招ばれたかなり豪華なシナリオライターの家でも感じた不思議を訊いてみた。

「私はたまたま、この街でお金持ちのお宅ばかりを見せていただいたのだけど、プラハのお金持ちは、豪華な客間の真ん中になぜ台所を作るんですか？　シナリオライターのサロンには、台所はなかったけど、かなり目立つ場所に、ピカピカに磨いた立派な真鍮《しんちゅう》の蛇口と流し台があったわ」

青年は、きれいなシャタンの髪をかきあげながら笑った。

「それがまさに答えですよ」

「えッ?」

はじめて一対一になった青年には、急に一人の男の影が宿った。あれッと訝《いぶか》る私に、青年は素知らぬ顔で説明してくれた。

詳細は憶えていないが、この頃、この国では住居に面積制限があったらしい。一人に一部屋、やたらに大きな客間、客室はご法度であったらしい。

「でも、法には必ず抜け出す網目があるんですよ。法は、台所の面積制限をするのを忘れていたわけです」

「わざと?」

「さあ。民主主義の国だったらどうですか?」

「まず、そんな制限自体が考えられないし、日本に限って言えば、制限なんてするまでもなく国土が狭すぎて、一人一部屋なんて贅沢《ぜいたく》よ。生活様式もちがうけど……」

青年は両親の部屋に私を導いた。ところ狭しと本が積み重ねられている、弁護士であるという父親の部屋と、ちょっと医薬品の匂いがただよう母親の部屋、兼診察室とのしきりが、大きな窓の真ん中にあり、しきり壁のために、せっかくの窓はどちら側からも開かないことになる。

「おわかりですか？　二人とも職業柄、人の出入りが多くて部屋が狭すぎるのです。この開かずの窓のある場所はぼくの部屋だったんです。両親が分けて使っています」

「じゃ、あなたは？」

「ぼくの部屋は、ありません」

青年は屈託のない笑顔を見せた。

「ぼくの家族はあなたの言うような金持ちではありません。シナリオライターの豪華なサロンの真鍮の蛇口は見せかけで、台所は別にあるんでしょうけど、ぼくやぼくの友人の家ではほんとに客間と台所が一緒なんです」

「誰のための見せかけ？　ときどき調査員でも来るんですか？」

青年はふと真顔になって言った。

「あなたはほんとうに西側の国の方ですね」

「…………」不得要領のまま私は黙った。

「お茶でもおいれしましょうか？　部屋はないけどお茶ぐらいはありますよ」

再び屈託ない笑顔に戻った青年に私は首を振った。

「お茶は、外で飲みましょう」

急に男っぽいシルエットが浮き出た青年に、私はどう対処していいかわからなかった。

「でも……」と好奇心には逆えなかった。

「お部屋がなくて、勉強はどこでするの？」

青年はしばらく黙ってから、私をうながして西陽の差す廊下を歩いていった。その西陽を受けて栗毛色《シャタン》の髪が表面だけ金色に輝やいた。

青年は一つのドアの前で私を振りかえり、にこっと笑ってそのドアを開いた。

「……お風呂場……？」

それほど狭くはなかったが、窓辺に置いたかなり値打物の書物机の上にやはりところ狭しと本や教科書が積まれていた。

「あの……あなただけのお風呂場？　ご両親もここをお使いになるの？」

「まさか。それじゃ、ぼくは眠っていられない。父は夜遅く、母は朝早く風呂に入るので。幸い彼らには別の風呂場があります」

「ここで眠るんですか？」

「そうです」

「ここのどこで？」

「バスタブで」

「えッ？　バスタブの中で？」

「バスタブの上で」

青年はロッカーから七十センチ幅ぐらいの板を出し、その上にマットレスを載せて得意気に片手を差しのべた。

「さあ、ぼくのベッドの寝心地を試してみてください」

かなりしっかりとした寝心地だが、幅が狭くて硬すぎる。こんなベッドではひと晩も眠れないだろうと思いながら、妙な構図に改めて気がついた。

私は青年のベッドに横たわっていて、その青年はじっと動かずに、逆光を背に細いシルエットで立ったまま私を見下ろしていた。

妙な構図の妙な気分を吹き飛ばそうと、さらに妙なことを口走ってしまった。

「西陽がまぶしいわね」

言ったとたんに窓にカーテンがあることに気がつき、自分の間抜けさにあきれ果てた。

青年がカーテンを閉めれば、闇となる。まるでポルノじゃない。

けれど青年はそんな野暮なことはしなかった。

実にエレガントに両手を差しのべ私を助け起こしてくれた。

一瞬前に不埒《ふらち》な想像をして、怒髪《どはつ》天《てん》を衝《つ》くほど恨んだ自分自身のバカさ加減がなんとも滑稽で、急にはしゃいだ声になっていた。

「外に出て、お茶を飲みましょう」

青年は、またシャタンの髪をかき上げ、爽《さわ》やかに笑った。

「お望みならば……」

小癪《こしやく》な餓鬼《がき》であった。

その小癪な餓鬼が、風でも纏《まと》ったように飄然とした笑顔で、パリのわが家に立ち現われることになった経緯を私はもう憶えてはいない。

たぶん、第二次世界大戦のとき、ナチス・ドイツ占領下のパリを夜陰にまぎれて出奔し、ド・ゴール率いる「自由フランス戦線」の地下運動に参加するため、暗号を頼りにフランス中に潜伏していた反ナチス運動の組織と命がけの連絡をとり合いながら、ピレネの山越えをしたことのある若き医科大学生であった夫が、年頃も同じのチェコ医科大学生二人に、パリの住所を教えて、いざという時の亡命中継地を提供したのではないかと思う。

かつて書いた短文は、あくまでもミラン・クンデラというユニークな作家にフォーカスを絞っていたので、私たち夫婦が引き受けた亡命チェコ人についてはこんなふうにしかふれてはいない。

——ソ連戦車が介入したその年の八月、パリのわが家に、時計塔の下で出逢った二人の学生と、夫が身元を引き受けた二人のチェコ映画関係者が亡命してきた。

この四人に私たちは田舎の家を提供し、私と、まだ幼かった娘が加わった六人が、ひじように辻褄《つじつま》の合わないちぐはぐなユーモアと、友情と苛立《いらだ》ちの中で長すぎると感じた夏を過ごしたのだった。（中略）

馬車に揺られながら顫《ふる》える手で百ドル札を受け取った十九歳の学生は、今四十三歳になり、どこの国で何を考えながら暮しているのだろうか……。

この短文からさらに六年が経った。つまり、一九六八年「プラハの春」からちょうど三十年目になるこの年、栗毛色《シャタン》の美青年は四十九歳になっているはずである。

秋の日のサン・ルイ橋で、うっすらと白いものの交ざった、シャタンの長髪を川風に乱しながら、熱をおびた黯《くら》い瞳で、ひととき私を凝視した頰の削げた中年の男が、あのときの医学生である確証は何もない。

そして、それはどうでもいいことだった。だいたいふつうの人生の中で、確証のある過去なんてめったにあるものではない。

橋の上のすれ違いの中で、もし、いくばくかのこだわりが私側に残ったとすれば、それは男の去ったあとに残った、疚《やま》しさに伴われたぞくっとするように甘美な嫌悪感だった。

なぜ？

記憶というものは、こちらの主観に沿って、模糊《もこ》とした混沌《こんとん》の霧の中から次第に形を整えて、ふつ、ふつ、と湧きあがってくるものらしい。真偽のほどは別問題である。記憶なんてシロモノは揺れ動き、千変万化がその身上であるのだから……。

時計塔の下で、少し赤面しながらドル欲しさに声をかけてきた青年、馬車の中で異常なほど緊張していた青年、打ってかわって男っぽく振る舞ったバスルームでの青年。旧市街の石畳の、舗道に張り出したロマンティックなキャフェ・テラスの、毀《こわ》れかけた木製の椅子に不安定な姿勢で腰をおろし、お茶は飲まずにじっと私を見つめていた青年。

その日からわずか三ヵ月しか経たないのに、背丈が伸び、いちだんと大人びた表情でパリに現われた青年。特にまだ子供っぽかった金髪の青年は長いまつげに囲まれたブルーの眼にやるせない憂《うれ》いが浮かび、世界中の女性ファンが紅涙を絞った「哀愁」のロバート・テーラー顔負けの映画的二枚目になっていた。

「これじゃあ、若いパリジェンヌが放っておかないだろう」と夫が言い、事実そのとおりになった。

他の二人、プラハでロケをした夫の映画のチーフ助監督をつとめた中年女性と、その夫である製作主任は事情があって亡命せざるをえなかったのだろう。追放同然で祖国を逃れてきたこのカップルと、自らの意志で国外への脱出を決行したハイティーンの青年二人とは、その行動体系があまりにもちがっていた。

中年女性は遠慮がちで、がっちりとした骨太の体をくるくる動かして、田舎での家事いっさいを切り廻してくれ、その夫は、トラクターで一ヘクタールもあるわが家の芝刈りはもちろんのこと、近隣の農家の畑仕事まで手伝ってくれた。

世話になっているからお返しをする、というような窮屈さはなく、ずっと後になって東欧一円に根づいた「連帯性《ソリダリテ》」のようなものを彼らは、このときからすでに身につけていた。

かたや、若い二人は、自由の風が吹くフランスに馴染《なじ》むにつれ、これが同国人かと思うほど、風のまにまにただよう雑草のように、見た眼が華奢《きやしや》で神経は図太く、国出《くにで》をしたことによる解放感なのか、プラハで見た良家の子息的風貌が次第に歪《ゆが》み、無頼《ぶらい》な表情がにじみ出てきた。

それはそれで見応えのあるものだった。

彼らは常に品が良く、きれいな顔をして、他人の迷惑には無頓着だった。

特に金髪の子は、パリへ着いた翌日から夜遊びに熱中し、田舎へ移ってからはあきれるほどしばしば、私の車を借りて、夕方から百二十キロもあるパリまで遠征し、ときには少しも悪びれず女の子を伴って朝帰りをした。

なんのための亡命なのか、それとも彼ら若いチェコ人は、自分の置かれた状況がどうあろうと、生と性を享楽することにかけて貪欲であるのか……。はじめのうち、私は少々感心しながらその奔放さを楽しんで、眺めていた。

シャタンの子は少しちがっていた。夜遊びも金髪の子のつき合い程度で謎めいていた。無頼なものをかかえてはいたが、いつもエレガントに図々しかった。

はじめの十日間ほどは彼らも遠慮して、私の前ではフランス語と英語しか使わなかった。

ひと月経ちふた月近くもすると、四人集まればごく自然にチェコ語のみで会話し、チェコ料理もどきが連日つづき、主客転倒、私は苛々《いらいら》しながらも居候の気分になっていった。一人きりになりたいと切望する日が多くなった。

中年のカップルは、夫に心酔しきっていて、彼が週末四、五人の友人やスタッフを連れてやって来るのを心待ちにしていた。

晩夏の夜寒《よさむ》にだんろを囲み、丸太のように巨大な薪のはぜる豪勢な音と炎の中で、煙草のけむりが渦を巻き、ブドー酒の空瓶が林立し、政治や映画や革命のはなしが朝までつづいた。

シャタンの青年は時折、この二世代以上もちがう大人たちの議論の輪の中に入り、若者らしい、少々青臭い過激な発言をしてみんなを面白がらせた。

私は次第に疲れていった。生まれてこのかたつづいている孤独との馴れ合いが恋しかった。

ある週末、庭に乗り入れてある数台の車の中に私の愛車、葉巻《タバ》色《いろ》のオートビアンキィを捜したが予想どおり、影も形もなかった。

「merde!《メルドゥ》(畜生!)」と思わず叫んで仕方なく夫の車のエンジンをかけていたら、助手席のドアが大きく開き、夜の匂いを着たシャタンの青年が音もなく乗りこんできた。

「どこへ行くんです？　こんな夜更けに」

「モンタルジィよ」

私は咄嗟《とっさ》に出まかせを言った。モンタルジィは二十キロほど離れたこの地方では情緒のある古い町である。

「何をしに？」

「川を眺めに」

「夜の川を？　なんのために？」

「一人になるために」

青年は黙った。私はチラッと後悔した。プラハであれほど親切にしてくれた青年にひどいことを言ったと思った。

「ご主人に話したらどうですか。みんなすばらしいお友達ですが、毎週末こんなに大勢で押しかけられてはあなたが疲れますよ」

私はぎゃッと叫んで青年につかみかかった。

突然の上げ潮に溺《おぼ》れる子供のようにコントロールが利かなくなった。

「あなた方はどうなのよッ。私を疲れさせているとは思わないの？　もう二ヵ月も私はわけのわからないチェコ語に囲まれて暮しているのよ。あなた方ときたら二ヵ国語も三ヵ国語も話せるのになぜチェコ語でしか話さないの！　私に失礼だとは思わないの！」

　私は疲れ果て逆上して青年の首を両手で摑《つか》んでいた。その私の手を静かにほどいて、青年は大事なものでも包みこむようにして、私の手の甲にではなく、両手の掌《たなごころ》にそっと冷たい唇をつけた。

「しゃらくさいことは、しないで！」

　私は日本語で怒鳴った。青年は涼し気な笑顔でこともなく言った。

「これからは必ずフランス語しか話さないようにみんなに言います。お望みなら、日本語習得の努力もします」

「Sans blagues!《ソン・ブラーグ》（からかわないでよッ）」

　言ってから、不可能なことではないと思った。彼ら四人を合わせると、独・ロ・英・仏・チェコと五ヵ国語が出そろう。

　きれいなパリジェンヌのお尻を追いかけている金髪青年にいたっては、その功徳《くどく》なのか、ひと言も話せなかったフランス語が、たった二ヵ月で、私がかつて苦心の末モノにした三年間分ぐらいの成果を上げていた。

　なんとたくましい人たちなのか！

「それから伝言を忘れたことをお詫《わ》びします。彼がまた車をお借りするのでお礼を言っていました」

「朝までには戻るんでしょうね」

「保証はできません」

「ほとんど掠奪に近いわね。『ありがと』と伝言すれば何をしてもいいと思ってるの？　明日の日曜、朝市に私は買出しに行かなくてはならないのよ。泊まり客を入れると総勢十一人の食糧の仕入れよ」

少し厭味《いやみ》に聞えるように言った。彼は少しもひるまなかった。

「車はこんなにたくさんあるじゃありませんか。それにご主人のこの車のほうが大きくて、たくさん入りますよ」

「私は私の車で行きたいの」

シャタンの青年は声をあげて笑った。

「それが資本主義社会の私的財産所有欲ですか？」

「あるものは他人の物でも使うのが、共産主義社会のしきたりですか？」

「そのほうが好都合で便利でしょう」

じゃあ、なぜその国を捨ててきたのよ、とは言わなかった。疲れてしまっていた。

「その川はセーヌ河ですか？」

青年がふいに話題を変えた。

「いいえ、ソーヌ川です」

「見たいな。連れて行ってください」

「見えないわよ。黒い夜に黒い川が流れているだけ」

「じゃなぜ行くんです？」

「一人っきりになりたいから」

「思いっきり一人きりになってください。ぼくもそばで一人っきりになりますから」

私はエンジンをふかした。昼間ならモンタルジィまで飛ばせば二十分。闇夜なのでひまわりや麦の穂の高々と茂る畑の道を注意深く緩急をつけて走った。

「うまいもんですね」

「レーサー並みよ」

青年は笑ったようだった。

途中、深々と横たわる原生林に近いモンタルジィの森の小径で、車のライトに驚いたリスや野うさぎが、可愛いお尻を振って逃げまどう。森の真ん中あたりで鹿の親子がキョトンとした眼で速度を落とした車を見つめた。日本人だったら歓声をあげることだろう。青年は静かだった。

プラハでは街中《まちなか》の公園で、子供たちが群れ遊ぶ同じ場所で、リスたちも一緒に群れ遊んでいたのを憶い出した。

国情がちがうわね、と私は、闇の中で苦笑した。

と、この得体の知れない、魅力がなくはない青年に、私ははじめてそう呼びかけた。

「ねえ、シャタン……」

「えッ？」

「ごめんなさい。あなたの名前長すぎて発音しにくいから、シャタン……」

「サタン？　ぼくは悪魔《サタン》なの？」

「サタンじゃなくてシャタン。悪魔じゃなくて栗毛色の髪の男の子……」

青年は息を呑んだ気配だった。

「じゃあ、ぼくの友人は？」

「彼の名は万国共通だし、短いし発音しやすいけど、私にとっては金色《ブロンド》の髪の男の子よ」

「二人ともひどくアノニム（匿名的）なんですね」

「お願いだからアノニムでいてよ。ことをややこしくしないでよ」

「それがお望みなら……」

と、うがったようなことを言って青年は黙った。

深夜のモンタルジィには街灯だけが灯っていて、地方都市の侘《わ》びしさと、黴臭《かびくさ》いなつかしさがあった。

「この町にね、昔、中国の周恩来が住んでいたのよ。孫文だって来たと思うわ」

青年は黙っていた。

「この町はね、伝統的に労働者が強くて、市長が共産党から立っているのよ」

それでも青年は黙っていた。

闇夜で何も見えはしないが、同じ道を帰るのは芸がないし、毎日のようにプラハの隅々を案内してくれた青年の心遣いを憶い出して、帰途は大廻りをしてヌムールという、もう一つの古い町の、深夜の中にライト・アップされて幻想的な教会の前を通り、ソーヌ川の川幅がいちだんと広がっている橋の上で車を止めた。

川は闇夜の中で、かなり豪勢な音を立てて流れていた。その水音に抗《あらが》うように低い冷たい声が言った。

「ぼくはシャタンの髪をしたサタンかも知れませんよ」

傷つけてしまったな、と思いながら、つとめて明るい声で混ぜっかえした。

「それ脅《おど》し？」

「脅しなんて、そんな無邪気なものじゃない。真実に近い、危険の予告ですよ」

黒い夜の底で、青年の存在が冷え冷えとした熱でふくらんできた。

私は重度の不眠症で、睡眠薬を飲んでもごく短時間の貧弱な眠りにしかありつけない。だから午前中は夢遊病者のように、体も頭もあてどなくぼーっとそこここを徘徊する。

その見返りとして、天が私に垂れ給うた恩恵は昼食のあとの昼寝《シエスト》である。ブドー酒をカップに半分飲んだだけで二時間近く前後不覚となって熟睡する。

毎日のことではもちろんなく、泊まり客の多かった週明けなど、池のほとりの菩提樹の木蔭で、二脚ある籐の寝椅子に娘と二人、長々と寝そべって前後不覚の醍醐味に耽《ふけ》る習慣があり、それが活力となって私は蘇生する。

チェコの友人たちと共同生活をする羽目になってから私の醍醐味は、庭から屋内に引っ越しをした。

それは別の空間の別の眠りであった。

庭のはずれに渺々《びょうびょう》と拡がる、ひまわり畑との境界線に、夫が植えたポプラ並木が風にざわめいて立てる音。ピシャッ、とかなり大きな音で飛びはねる池の真鯉や、野鴨が群れをなして遊び騒ぐ声。

それら快い天然のシンフォニーがまったくない、無音の部屋。厚い石壁に外の暑気は遮断され、ひんやりとしたしじまの中で、そのとき私はことのほか深々と眠りこんでいたらしい。

黒い大きな揚げ羽蝶が翔んでいる。しかも二匹。夢なのかと思ったとき、私のベッドから人影が立ちあがり、庭に面した窓を大きく開け放った。

揚げ羽蝶は名残り惜しそうに私の廻りをひらひらと舞って、一匹また一匹とかなり遅い午後であろう夏空へ向けて翔び立って行った。窓の外に濃い黄緑色に熟れたレーヌ・クロード

(プラムの一種)が大木の枝を重く垂れさせ、蜜蜂が呻《うな》り声《ごえ》をあげて群れていた。

「ずいぶんよく眠っていましたね」

まだはっきりと眼覚めていない私には、シャタンの青年が、なぜ私の部屋にいるのか咄嗟《とっさ》には呑みこめなかった。

「あなたの不眠症は、夜だけに幅を利かせる神経性のものですね。お嬢ちゃんがいくら呼んでも体をゆすっても、眠り姫のようにぐっすりと熟睡なさっていましたよ」

「いつ?」

「今から一時間二十分前」

娘と二人で蝶々を追いかけていたら、一度に二匹もの揚げ羽蝶が網にかかり、娘がどうしても私に見せたいと言ったのだという。

「で、それから一時間二十分、あなたはここにいらしたの?」

「ご心配なく。ずっとあなたの寝顔に見惚《みと》れていたわけじゃありません。ぼくも眠りました」

「どこで?」

「あなたのベッドの、あなたの隣で」

私は啞然とした。

「何も感じませんでしたか?」

「感じなければならないことがあったのかしら？」

青年は癇《かん》にさわるほど屈託のない笑いで笑った。

「ぼくのサタンは、まだ頭の中にだけ住んでいます。なんの行動も起こしてはいません。今のところは……」

青年は笑いを消した顔で平然と言った。

「ただ、あなたの隣で眠ってみたかった。束の間《つかま》のシェストです」

この束の間に私はさまざまな意味合いを感じて身構えた。

「あたしだってママンと一緒にお昼寝したいわ」

大きく開いていた部屋のドアから娘が入ってきた。ドアを開けてあったことに、私は悪ぶった青年の育ちの良いマナーを感じた。

「ムッシュー、蝶々はどうしたの？」

「空へ逃がしてあげたよ。それから、ぼくは何度も言ったようにムッシューじゃなくて……」

青年はゆっくりと区切って自分の名を繰り返した。娘はその名前を正確に発音できなかった。

「じゃあ、サタンでいい。ママンがつけてくれたぼくの綽名《あだな》だ」

「サタンってなあに？」

青年はおどけて娘に摑《つか》みかかった。

「悪魔《ディアーブル》！　ドラキュラー！」

娘は喜んで声をあげて笑い転げた。さんざん笑い興じたあとでぽつりと言った。

「オランプに逢いたい。ママン、オランプはどうして一人でパリへ帰っちゃったの？」

オランプは、三年ほど前から住みこみのベビーシッターとしてパリのわが家の、昔、いわゆる「女中部屋」と言われていた、その実、いちばん眺めがよく、今では若いカップルなどが競って住みたがる屋根裏部屋に住んでいた。

フランスの海外県マルチニックの生まれで、チョコレート色の顔にうっすらと化粧をすると、コレクションのステージに踊り出るマヌカンのように典雅な美しさを持っていた。

三人の男の子を故郷に残しての出稼ぎなのだが、まるで家族の一員であるかのように、特に娘をまるでわが子のように可愛がっていた。

三年間、日曜も祭日も外出さえせず、私たちといるのがいちばん幸せだと言っていた彼女が、このヴァカンスには故郷のマルチニックから親戚が来るのでパリに残してほしいと申し出て、チェコの客人と入れちがうようにパリへ帰っていった。

「もうじき幼稚園がはじまるから、パリへ帰るのよ。そしたらオランプに逢えるでしょ」

「パリへ帰ったら、プラハから来たマダムやムッシューたちはよその国へ行っちゃうの？」

「……そうよ。パリの家には四人を泊めてあげられる部屋がないでしょ」

蝶々が翔んで行った窓をひらりと越えて、青年が庭へ出て行った。

芝生を遠ざかる青年のうしろ姿を見て娘が言った。

「ムッシュー・サタンはさびしそうね」

芝生のみどりに溶け入りそうな、ほっそりとした青年の、妙にエレガントで妙に心もとないうしろ姿を見て、ひと廻りも年下のこの青年を私ははじめていとおしいと思った。

この年の田園生活は、夫を頼りにやって来ていたチェコ映画人カップルの盛大な送別会で終焉を迎えた。

三十年も経った今、「プラハの春」を憶い出す人は少ないだろう。特に日本では、その存在すら知らずにいた人々が大半だろうし、「プラハの春、音楽祭」と混同する人も少なくないだろうと思う。

けれど、一九六八年のこの年、ヨーロッパの人々にとって、自由化路線を大国ソ連に蹂躙されたチェコ問題は重大な関心事だった。

わが田舎家での送別会には、村人のほかにパリから、J・P・サルトルの隠し子と噂された、左翼系大新聞のデスクであり、夫の共同脚本家でもあった、J・Bや、『ピアノ・メカニック』で文学賞を受賞したフランソワ・レイなどが駆けつけて来た。

わが家での亡命中継地生活を終え、いよいよ本格的な亡命先へ旅立ってゆく映画人カップルを囲んで、二人の青年がいつになく神妙な面持ちでなにかを囁《ささや》き合っているのを私は見た。

チェコでは報道規制や事前検閲法、公共秩序安定法などあぶない法案が次々に可決され、かたやフランスの若者やインテリたちには、「五月革命」での苦《にが》い挫折感がただよいはじめていた。

それらを痛烈に、そして面白おかしく批判しながら、F・レイがダイナミックに即興でピアノを叩き、その合間に、J・Bとかけ合いでヨーロッパ政治漫談をうたい、夫が得意のトランペットを高々と吹きあげた。麦畑とひまわり畑しかない眠ったように平穏な丘の上の村に、さながら革命の祭典のように賑やかで長い夜が、終わることなくつづいたのだった。

皓々《こうこう》とした月の光に照らされて、果てしなく拡がる平原と、その向うに堆《うずたか》く横たわる夜の森の上に流れていったピアノの音、トランペットの豪快にしてしみじみと悲壮でもあった音色を私は今でも忘れることができない。

それは、ある意味で、私の生涯のベル・エポックの一つであった。

秋風の立つパリのわが家に戻った二人の青年は、中年のカップルに旅立たれてさびしそうにしていた。そして、彼らの立場が逆転したのだった。

金髪の青年は夜遊びをぴたりと止め、かわりにシャタンの青年が、三日に一度ぐらいの正確な間隔で夜おそくまで外出した。オランプは少し異常なほど娘を溺愛し、ときどきやるせない風情で私に何かを訴えたいような様子でいた。私は若者たちの間に何かの異変が起こりつつあることを感じていた。けれど、それは、うっすらとした予感でしかなかった。

金髪の青年がこんなことを言いだすまでは……。

「お嬢ちゃん、二年ほど前、日本へ長いこと行ってたそうですね。パリへ帰ったとき、オランプを見て、眼をまん丸くして、とても詩的で面白いことを言ったそうですね」

彼がなぜそんなことを言い出したのか、私には見当がつかなかった。

たしかに二年前、長いこと逢わずにいたオランプをひと眼見た途端、娘はびっくりして言ったのだった。

「オランプ！　どうして夜になっちゃったの？」

まだ三歳にも満たなかった娘は、三ヵ月間の滞在ですっかり日本と日本語に馴染《なじ》み、フランス語を忘れかけてさえいた。

子供の環境順応力については夫とよく議論したものだった。常に二ヵ国語を、しかも住んでもいない国のことばを、たんに母親の母国語だからというだけで日常的にちゃんぽんに使うのは、幼児にとってはひどい負担になり、分裂症の遠因にもなりかねない、というのが夫の持論であった。

幼児が、二ヵ国語、あるいはそれ以上の言語を使い分けるとしたら、それは、場所や風景、また話す相手、つまりは環境に即応する能力によるもので、「家」という同じ場所で、「母」という同じ人物が自分の気分によってちがう言葉を入り交ぜて使うのは、子供がせめて自我のようなものを持つまで待つべきだという夫の意見は、このエピソードに関しては正しかった。

三ヵ月間、たとえ幼児ことばではあっても日本語しか話さなかった娘が、パリのオルリー空港に着き、夫とオランプの顔を見た途端にまったく自然に日本語を捨てフランス語に切り替わったのだった。

しかも幼児でなければ思いつかないように詩的な言葉で、である。

「Pourquoi tu fais nuit!《プルクワア・チュ・フエ・ニュイ》（どうして夜になっちゃったの！）」

娘は、長い日本滞在の間、オランプが黒人であることを忘れてしまったのだった。

私の故郷横浜、特に娘を連れて出かけた山下公園や元町には、白色人種の外国人は多かったが、肌の黒い外国人はほとんど見かけることがなかった。日本の着物やお人形を私にせがんでたくさんお土産に買った大好きなオランプは、娘の記憶の中で、自分と同じ肌の色になっていたのだった。

その夜、娘はお風呂の中で、オランプに言わせれば、痛くなるほど一生けんめいにオランプの顔をこすったんだそうである。

「夜をはがすのよ」と言って……。

それを私に話したときのオランプは、うれしそうに笑い転げていた。

今、なぜそれを金髪の青年がリピートするのか、まさか幼児の潜在的な人種差別などと言うつもりはないだろう。彼はそれほど無知ではない。

風呂場の窓から見える夜空は小さくて、月が見えなく、娘は泣きべそを掻《か》いたそうである。

「オランプたいへん！　日本にお月さまを忘れてきちゃった」

金髪の青年はそんな幼児の片言隻句まで知っていた。

「お嬢さん、詩心があるんですね」

「詩心じゃなくて、子供の心よ」

と言いながら、私は突然すべてを了解した。私の了解の色を見て取ったオランプが、金髪の青年の肩に顔を埋めて泣きだした。

「辛いんです、マダム。デルフィーヌと別れるのが辛いんです」

まさか、と思ったり、これこそが青春よ、と舌を巻く気分になったり、まだ事態を完全には把握できず、私の頭はこんがらがっていった。

オランプは恋におちたのだった。そして金髪の青年も……？　貧しい土地柄の出産年齢は低い。三人の子持ちとはいえ、オランプはまだ二十三歳という若さなのだ。そして彼女自身が十四人ものきょうだいの真ん中あたりに生まれている。

「わたしら貧乏人に限ってほんとに子だくさんで、わたしは学校にも行けませんでした」

と、読み書きができないことを恥じて彼女が言ったことがあった。

「旦那さまもマダムも一人っ子で、そのうえデルフィーヌまでが一人っ子、可哀相ですねえ。大家族はいいですよ。わたしがいなくたって、わたしの子供たちにはパパ替りやママ替りがまわりに大勢いるんです。貧乏人の福ですよ」

とも言ったものだった。

十九歳になった金髪の青年に、亡命先からヴィザが下りたのはそれから間もないことだった。

娘との別れが辛いと、彼女が幼稚園から帰るのを待たずに若い二人は立ち去った。オランプは涙まじりの熱いキスを、青年はやさしいキスを私の頰に残して。

金髪碧眼の美青年と、私が二十歳《はたち》のときにロケ先の香港で作ったチャイニーズ・ドレスでチョコレート色の肌を包んだオランプの二人は、さながら近未来の地球人カップルを象徴するように颯爽《さっそう》として美しかった。

夫が若いときから仕えてくれている料理人兼わが家の実権を握るグヴェルナントは、銀髪をポンパドゥールに結い上げた前世紀風の出立ちで、眼を赤くしながらもう振り向かない二人の背中にいつまでも手を振っていた。

そのグヴェルナントに手をひかれて幼稚園から帰った娘は、ちょっときつい眼で私を真っ直ぐに見つめた。

「オランプは行っちゃったのね」

黙って頷《うなず》く私の体をよじ登るようにして娘は、私の首に柔らかくて細い腕をからませた。

その娘の顔を覗きこもうとしたシャタンの青年を力いっぱい押し戻して、私の首筋に顔をうずめてささやいた。

「今日はママンと一緒にお昼寝したい」

あんなにやさしく、あんなに甘い娘の声を、私はその後あまり聞いたことがない。

一人とり残されたシャタンの青年の面差《おもざ》しには、それまでとは少しちがうある覚悟のようなものがほの見えだした。スタッフや客人のいない夜などには、よく夫と二人でおそくまではなしこんでいた。そんなある夕べ、私は気になっていたことを口に出してみた。

「あんなに繁くパリまで遠征していたのはオランプに逢うためだけだったの？　朝帰りの車に乗っていた若いパリジェンヌはいったいなんだったの？　彼はエピキュリアン（快楽主義者）でもあるの？」

青年はしばらく黙ってから静かに言った。

「……でもあるでしょうね。でも、あのときの女子学生はちがいます。れっきとしたフランス国籍を持つパリジェンヌですが、父親がチェコ人で……立場上、プラハとの連絡がとりやすぐ、またとってくれていました」

この時点でもまだ緊急時、急病人が出た場合以外の国際電話は禁じられていたし、盗聴もされていた。

おぼろげながら私にも、彼らの分担していたもくろみの全容がわかりかけてきた。

彼らは国出《くにで》をしても、祖国の動乱と屈辱に無関心ではなかったのだ。学生たちが地下で抵抗運動でも画策しているのだろうか……田舎の家で四人寄るとチェコ語で話していたのはそんな事情があったのだろうか。

当時のことを後年、ミラン・クンデラは著書の中でこんなふうに書いている。

「……ロシア人に対する憎悪はアルコールのように人々を酔わせた。それは憎悪に酔いしれたお祭りだった。でもどのようなお祭りも永遠につづくわけにはいかない。ロシア人はその間に逮捕した国の代表者たちに、モスクワで妥協協定のようなものにサインを強制した。ドプチェクはその協定を持ってプラハに帰り、ラジオで声明を読み上げた。彼は六日間の投獄で疲弊しきっており、話すことができず、声をつまらせ、肩で息をし、センテンスとセンテンスの間に三十秒もつづくかという切れ目が数限りなく繰り返された。あのすさまじく長い間《ま》、その間《ま》はあとに残るであろう。それらの間《ま》の中に、チェコという国にふりかかったありとあらゆる恐怖があったのである。

妥協により、処刑と多くのシベリア送りという誰もが恐れていた最悪の事態は避けることができた。ただ一つのことだけは明白であった。チェコは占領者の前で頭を下げなければならず、永遠にアレクサンドル・ドプチェクがしたように、声をつまらせ、どもり、肩で息をしなければならなくなったのである。祭りは終わり、屈辱の日が来た」

それらの日々は、ベルリンの壁が崩れた同じ年、チェコに起こった「ビロード革命」までの長い歳月、さまざまなかたちでつづいたのだった。

夫は四人のチェコ人の真意をとっくに読みとっていたにちがいない。彼は田舎での送別会に参加したJ・Bとフランソワ・レイとの共同作業で書きあげた「J'avais un camarade（『かつて在りしわが友』）」について青年にはなしていた。

それは私の好きな脚本だった。大学時代政治的な運動にリーダー格で参加していた無二の親友であった二人の青年が、卒業後一人は初心を貫き社会派の闘士に、もう一人はふとした人生のはずみで極端な右翼の流れに身を投じる、という二つの青春の訣別のはなしである。

夫はなぜそのはなしを青年にしたのか、当時ソ連の対極にいたもう一つの世界帝国に向けて亡命した金髪の青年の旅立ちをまさか揶揄《やゆ》しているわけではないだろうと私は思った。けれど、受け入れ国にヴィザを申請したのがオランプに恋したあとであったとしたら、彼にとってはふとしたはずみ、「青春」というかけがえのない季節の中で起こった番狂わせの出来事であったにはちがいないだろう。

夫のはなしを聴きながらシャタンの青年はいつになく真摯《しんし》なまなざしで更けてゆく窓外の

夜を見つめていた。

私はといえば、まるで俗っぽい疑念に心を波立たせていた。この二人の青年は亡命の第一中継地と称して、なぜわが家を選んだのだろう。なぜ直接、チェコ人を父に持つその女子学生の家庭へ行かなかったのか……。わが家のほうがいろいろと好都合だったから？　夫が寛大で経済的にも恵まれているから？　それを言葉にしたらすべてがガタガタと醜く崩れ去る。私は黙っていた。けれど人の痛みにはいっこうに無頓着で、ふてぶてしくもあるこの青年は、反面、驚くほどの洞察力とデリカシーを持っているのだった。

それは並の若者にはない人生の熟練者のような鋭さで、難局打開にはきっと役立つ長所となるにちがいないと私は常々思っていた。

私の中にひろがりつつあるこの俗っぽい疑いに青年はずばりとメスを入れた。

「誤解という、なんの役にも立たない無益なエネルギーを消耗なさらないように申し上げます。女子学生とのことは、お宅へお世話になる前からの計画ではありません。都合のいい偶然と思われるかも知れませんが、パリへ着いた翌日、見ず知らずの彼女から連絡が入ったんです」

私は恥ずかしい思いをした。

そしてああヨーロッパの人たち……と深々とした思いにもかられた。命がけで国境を越える人たち、その人たちを呑みこむように動いてくる国境。その中で大昔から攻めつ攻められつしながら弱者たちの中に築き上げられてきた危機察知と回避への知恵と策謀。屈辱に耐えるしたたかなユーモアと自嘲。いざという時の眼を瞠《みは》るような底力。夫と青年の間で、私は沖縄を除いては異国人に国土を侵され蹂躪されたことのない稀有なる国、日本に生まれ育った自分のあっけない素朴さと、ピュアなまでの脆《もろ》さを感じた。

来たときの旅行カバンを提げ、西陽を背負った青年が、アトリエ風のわが家のサロンにいた私の前に改まった表情で立ったのは、秋の深まった夕暮れどきであった。

「送ってくれますか？」

やわらかい笑みだった。

「どこへ？」

「パリの街のどこか……。あ、アレクサンドル三世橋がいいかな……」

「どうしたの、急に……」

「ご主人とは昨夜遅くお別れをしました」

「どこかの国へではなく、あなたの亡命中継第二地点はパリの中なのね」

「アレクサンドル三世橋というのはどうですか？」

「それもいいわ」

私はふと取り残されたさびしさを感じて投げやりに言った。

夫にはもっとくわしく今後の計画をはなしたのではないか、私には何もはなさない青年の気持ちを斟酌《しんしゃく》しながらも、仲間に置き去りにされた負傷兵のように侘《わ》びしさが胸に沁みた。

アレクサンドル三世橋の上は寒かった。

西の空を覆った黒雲の亀裂からこぼれるようにはじける黄金色の光りと、その黒雲の向う側に広い範囲で輝いているバラ色の雲が、奇妙な、しかしいかにもパリの空らしいゴージャスでパラドクサルなパノラマを作っていた。嵐を含んだ横なぐりの風にセーヌの川面《かわも》はざわめき、暮れなずむ暗雲とバラ色の雲の間にときどき雷光が走り、照れ臭いほどドラマティックな光景であった。

「凄い日没ね」

「寒いですね」

いつものように肩すかしを喰うような言葉が返ってきた。

私は骨の浮き出た青年の細い手をとって、両手の中で温めながら訊いた。

「なぜこの橋なの？」

「あなたがいちばん好きな橋だといつか言ったでしょう」

「でも橋の名前はアレクサンドル三世よ。ロマノフ王朝に反改革の悪政を敷いたロシアの皇帝よ」

「あなたらしいな」

青年ははじけるように笑った。彼の時ならぬ笑いにはいつも驚かされたものだった。

「ぼくは今を生きています。ロマノフ王朝も、向うにあるアンヴァリッドの中のナポレオンのお墓も、今のぼくには無意味です。あなたが好きな橋、それだけでいいんです」

青年のシニカルな口調には、自嘲なのか私へのからかいなのか判別しがたいニュアンスがあった。

「日没まで一緒にいてくれますか？」

「もう日没よ」

「まだ暮れきってはいません。この印象派の画家が描いたような夕暮れが終わって、太陽があのバラ色の雲の涯《はて》に沈むと、あたりは一瞬にして暗くなります」

「印象派の人たちの夕暮れはこれほど強烈ではないわ」

「強烈？　ぼくにとってはやさしい夕暮れだな」

見る人の心はさまざまである。

「カレル橋から見るヴルタヴァ川の夕暮れはどんなふうなの？」

「こんなふうではありません」

青年はにべもなく乾いた声で言った。

やがて太陽が沈み、あたりがひととき闇となった。残照に映《は》えて西の空が再び赫々《あかあか》と燃える前の、ひとときの薄闇である。

「ほら、セーヌ河が黒くなった。あなたと一緒にこれを見たかった。ヌムール村で見た闇夜に流れる黒い川。ぼくは一生忘れられないと思う」

ヌムールのような寒村とちがって、光りの都パリに流れるセーヌは闇に落ちることはない。河畔に建ち並ぶビル群の内部に煌々《こうこう》と灯された照明や、大観覧車の縁日のようにはかなくてなつかしいほの明かり、それよりもアレクサンドル三世橋自体の十九世紀初頭独特である絢爛豪華な金色の彫刻や、欄干に沿って立ち並ぶ美しい街灯の光りが、暗くなったセーヌ河に散乱して、日没前よりずっと華やかでにぎにぎしい。

そのにぎにぎしい反射を全身にちりばめた青年が淡く笑った。

「ご要望に応えてぼくは最後までアノニムでいたつもりです。サタンの欲望は封じこめて」

「いつまでこだわっているの、ちょっとしたジョークだったのに」

「ジョークだなんて、そんなことは言わせない」

私の手首を摑《つか》んだ青年の声が、怒気を含んでいた。

「ジョークであれ気紛れであれ、あのときのあなたの口調にも、それを聞きそこねてサタンと受けとめたぼくの側にも、ジョーク以上の真実があった。アノニムでいてくれと言ったあなたの正直さにぼくは感動した。今さら、ジョークなどとは言わせない」

「わかったわ」

「ほんとうに?」

「ええ」

青年は肩で大きく息をしてから言った。

「じゃあ、ぼくがあなたを愛していたことも知っていた?」

「ええ」

はるかかなたに沈んだ太陽の残照で、遠い空が明るみ、赫々とした残り火が、川風にあおられて長い橋の中ほどに佇《たたず》んだ青年の姿をレリーフのように浮き立たせた。

青年の、風に巻かれてざわめくシャタンの髪も、グレイの瞳もその顔も、うっすらとあかね色に染まっていた。

「この残照が消えないうちに橋を渡りたい」

「アデュー、私のシャタン……」

寒さのせいか私の声も嗄《しゃが》れていた。

「やっと言ってくれましたね。そう、あなたのシャタンはこの先もずっとアノニムを貫きます。お便りはしません」

「この先ずっと?」

「ええ、この先ずっと。サタンの意地です」

青年はいつもの謎めいた笑いで笑った。

「ふつうは頬にする別れのキスを、少し地域移動させてもいいでしょう?」

寒さに凍えた細い手が私の頬を挟み、ふっくらと冷たい唇が私の唇の上におちた。

別れのキスというよりは、一九六八年の春、プラハに吹いていた夜風が唇をかすめて通りすぎた感じだった。残照の明かりを受けた青年の瞳にひとしずく、濡れた灯《あか》りがともっていた。

青年は二歩、三歩、後ずさりに歩きながら身をひるがえして歩きだした。そしてあかね色の光りの中に溶けて消えていった。

プラハから来た青年を見た、それが最後となった。

ひと夏を田舎で共に過ごした三人のチェコ人からは、よく近況報告などの手紙が来た。

その年の冬、チーフ助監督であった女性から、プラハに大々的な反ソデモが起こったという便りがあった。それはテレヴィや新聞などの報道ですでに知ってはいたが、周辺の国々の若者も交ざったかなり組織化されていると思われる学生グループの先陣をきって、指揮をとっていたのはシャタンの青年のようであった、という件《くだ》りを読んで、深々とした感懐にひたったものだった。

ソ連崩壊二十年前の出来事である。

遠くにまたたく横浜の街の灯が、夜更けていっそうの輝きを増したとき、長い回想からわれに返った私は、波乱の中に駆け抜けていった三十年を思った。

人生という不可思議に耳を傾け、軽率にも夫との離婚に踏みきった私が、十八年間住み馴《な》染《じ》んだ夫のアパルトマンを去り、その夫の急死に号泣し、さらに夫の死後、あのJ・コクトオの名作「美女と野獣」の美術監督が、斬新な趣向を凝らして内装した、ノスタルジックで奇想天外なアトリエ風の夫のアパルトマンが、近代化の波で解体され、私が過ごした豊饒《ほうじょう》なる思い出の日々があとかたもない廃墟と化したある日、無味乾燥なオフィス・ビルに変身した建物の見知らぬ管理人から電話があった。

私宛に小包が届いているというのだった。私の現住所を捜すのに無駄な日々が過ぎてしまったことを詫《わ》び、最後に遠慮がちに貼ってある切手を頂戴できないものかと言った。

「コレクションをしているのですが、こんな切手は見たこともないので……」

日本の切手は蒐集家に喜ばれる。たぶん浮世絵かなんかの珍しい切手なのだろうと思って快諾し、転送を依頼した。取りに行くのは厭《いや》だった。

五階、六階を吹き抜けにしたなつかしいアトリエ・サロン、六階が玄関で、迷路のように曲がりくねった廊下をゆくと、突然展ける光りの洪水と大きく楕円形に宙に浮いていた踊り場、弧を描いて五階へと導く木製手彫の階段は十九世紀製で、歩くとぎゅうぎゅうと軋《きし》むように鳴いた。

あの芸術を毀《こわ》すなんて！　オフィス・ビルに改装するなんて！　そんな建物にはたとえ管

理人室へでさえ、足を踏み入れたくはなかった。

やがて届いた小包の中味は一冊の本であった。

『L'insoutenable légèreté de l'être（存在の耐えられない軽さ）』ミラン・クンデラ……。フランス語版である。

切手を所望されたのでてっきり日本からの小包だと思いこんでいた。よく考えれば日本の友人たちは離婚後、私が三回も引っ越しをしたことを知っているし、出版社からのものであるとしたら日本語版のはずである。

私の名前と旧住所は手書きであったが、見知らぬ字だった。差出人の名前も住所もない……。切手がはがされているのでどこの国からのものかもわからない。

はじめのうち私は、金髪の青年の両親からであると思った。プラハの春のさなかに、クンデラを激讃していた改革派の両親。それにしては月日が経ち過ぎている。もっともチェコでクンデラの作品の発禁処分が解けるためには気の遠くなるほどの歳月が必要であった……。さまざまにめぐらせる思いの中で、私は直感的に見透した真の送り手を意識の中で回避し、拒絶している自分を感じた。

「お便りはしません」と言って去った青年がかたくなにその約束を守っていることに私は腹を立てたり、いくばくかの敬意を持ってもいたのだった。

けれど蹴散らされ、引き裂かれた「プラハの春」からはじまるこの小説、優秀な医者である主人公がソ連型共産主義の権力に抗するがゆえの流転。クンデラ流の愛の在り方。存在の重さと軽さ。

　この本を誰かが私に贈ってくれるとしたら、宵闇のアレクサンドル三世橋を、あかね色の残照を浴びて渡って行ったあの青年以外にはあり得ないのだった。私はその小包を開け、すでに読んでいた本のタイトルを見た途端に知ったのだった。

「この先もずっとアノニムを貫きます。お便りはしません」

と言いきった青年の、幾歳月を経たあとの、これが最初にして最後の私への便りであった。手紙もなく住所もなく名前もない、約束どおり匿名《アノニム》の便りであった。

　夏の日、スケートボードの少年を振り向いた男、秋のはじまるセーヌの川風に白髪交じりのまだ美しいシャタンの長髪を乱して私を凝視した五十がらみの男が、たとえ、プラハからやって来て、皮肉な笑みを浮かべたあの青年に似てはいても、あるいは彼自身であったとしても、長すぎる時を距《へだ》てた今、私にとっての彼らは、異なる影をもった二人の別な男であった。

　学生の反ソデモの先陣をきった青年は、今、ヴルタヴァ川のほとりのどこか、あるいは首都を遠く離れた田園の町の小さな病院で、白衣と、あいかわらず謎めいた微笑を纏《まと》って、患者たちを診ているのではないか……。その姿が、『存在の耐えられない軽さ』の主人公トマーシュとだぶってくる。

夜の黒を下敷きにしてまたたいている横浜の街の灯りの中に、サン・ルイ橋で胸につかえた見知らぬ男への嫌悪感が溶けて消えていった。

「サタンの意地です」と言って去っていった、あまりにも不可解で魅力的であったシャタンの青年の若々しく美しかったシルエットも、揺れながらぼやけ遠い夜空の果てにフェイド・アウトしていった。

あとには、もうまたたきを止めたわずかばかりのネオンを浮かべた黒い夜だけが、しんとした静寂の中にひとり残った。

(引用させていただいたミラン・クンデラの『不滅』の日本語訳は菅野昭正氏、『存在の耐えられない軽さ』の日本語訳は千野栄一氏です)

「君はヴェトナムで、何も見なかった」

Tu n'as rien vu au Viêtnam!

ヴェトナムの首都、ハノイの飛行場に着いたのは、一九九六年、三月三十一日の深夜のことだった。地球規模の異常気象のせいか、暑気を予告されていたハノイはひどく寒かった。

国連人口基金親善大使としてのはじめてのミッションである。それから飛ぶように流れた二週間という超過密スケジュールの中での記憶は、極端に、非日本的イメージによって彩《いろど》られることになる。

北のハノイと、南の大都会ホーチミン市（旧サイゴン）。

二つの都会の周辺の、農村や病院や工場や市場で見た、あまりにも過酷に蹂躙された人びとの、それゆえに克《か》ちとったにちがいない、しなやかな強さと、ものをはっきりと凝視する瞳の中の鋭い明るさに圧倒されて、日本へ帰って今日でちょうど二週間、同量の時間が経過しているのに私はまだ惘然《ぼうぜん》としている。そして、肺腑の底には、今も魚醤《ニョックマム》の匂いが生々しく居すわっている。魚介類から採るというあの強烈な匂いの液体と私は、どうも相性がよくないらしい。

「日本の醤油と同じじゃないの」などと、欧米の人は乱暴なことを言う。元祖はどうあれ、今、われわれ日本人が常用している醤油は、川魚や蕗《ふき》のとうに見合って淡白である。胃の奥に、よじれたように残るこしの重い魚醤の粘り気はない。調味料や香辛料は、入って来たルートとは関係なく、その国の歴史や文化に矯《た》められて、その国独自の味を作る。魚醤には、中国をはじめとする、大陸に組みこまれたアジアの国の人々が通ってきた、異民族とわたり合い、戦いや同盟をくぐり抜けてきた歴史が編んだしたたかな粘り気と油っこさがある。肺腑の底に魚醤が。

耳の奥には、あの強靭にしてめげることなくつづく騒音が、今も居残っている。

到着時に戻ると、深夜の飛行場でひとしきりのセレモニーがあった。「国連」という枠の中で援助する側の「親善大使」である私や、そのにわか大使の勉強不足を補ってくれる人口基金ニューヨーク本部の事務局次長の挨拶。それを受けて援助される側であるヴェトナムの高官方の挨拶。寒さに顫《ふる》えながら私は居ごこちが悪かった。東洋人同士、という気安さが私には生まれてこなかった。私や同道してきた撮影班である日本人スタッフより、援助される側のヴェトナムの人たちのほうに、人間的な幅やゆとりを感じたのである。

そしてそれはその後につづく二週間、どこへ行っても感じた、「かなわないな」という脱帽の心境への序曲であった。

セレモニーがやっと終わり、零時をとっくに廻ってしまった深夜の町に繰り出して、私はなつかしい、としか言いようのない不思議な感懐にうたれた。

町は、亡霊のように貧しく美しく、仏国統治時代を思わせる瀟洒《しょうしゃ》な建物が朽ち果て、すがれ、こぬか雨なのか霧なのか、幻想的に濡れそぼり、闇夜にまだ賑わっている歩道に繰り出した屋台の、透き通った麵《めん》を啜《すす》る人びとの周りに橙色《だいだいいろ》のうす明かりが揺れていた。

「なつかしい！　はじめてなのになぜかとてもなつかしい……」

と私の秘書役をヴォランティアとして引き受けロスから飛んで来た娘のデルフィーヌがつぶやいた。

　案内された町中《まちなか》にあるヨーロッパ風ホテルの部屋はだだっ広く、床は軋《きし》み、天井にはやもりが這《は》っていた。水圧がないせいなのだろう、三十分ほど待ってバスタブに溜まったお湯は、日向水《ひなたみず》のようにぬるかった。

「二階の部屋のほうが水圧の加減で少しは熱いお湯が出るかも知れない」

と言う私を制して娘が言った。

「ここでいい。二階から三階へ上る螺旋《らせん》階段の壁を見た？」

「壁の何を？」

「傷よ。ひび割れて、かなり大きな穴が壁をこそげ落すようにぽっかり開いていて、腐蝕した、あったかい、なつかしい匂いがした」

　私は黙って娘を見つめた。新しい便利なものを嫌う、あるいは避ける娘の嗜好のルーツを詮索することはとっくの昔に止めてはいた。

　だから黙ったまま、娘の視線が捉えたはずの、深夜の首都・ハノイの町の四つ角に、霧雨にまみれて浮かんだ古ホテルの全容をなぞってみた。物哀しい風情の入口ロビーは、通り過ぎて行った強国の、植民地化政策に与《くみ》した残滓《ざんし》なのだろう、さまざまな異文化が擦り切れて溶け合い、なぜかわからぬけだるい威厳を醸《かも》しだしていた。

ロビーの左手に食堂があり、若いカップルが一組、深夜の二時に、路上で見かけた透き通った麺を啜っていた。フロントのカウンターは黒光りのする年代物で、その右脇にちょっといわくあり気な階段の入口があった。歴史が刻んだ苦楽の声を聞き分けるように、娘のイマジネーションは拡がっていったにちがいない。

二階へ上る階段は、かなり修復され絨毯もそれほど傷んではいないのに、三階へつづく幅広のゆったりとした階段は、さながら、幾世代も遡《さかのぼ》ったように古色蒼然として、見ようによっては廃《すた》れ者《もの》の剛毅《ごうき》な燐火《おにび》がそこここに遊んでいるようでもあった。

冷えた体を、ぬるいお湯の中で動かさずにあたため、やもりやむかでのようなものが這う床を、爪先立ちで走ってベッドへもぐりこみ……あっと言う間に来た朝は、地面が唸《うな》るような騒音に充ちていた。大都会が立てる文化的、暴力的騒音ではなく、もっと素朴な、人力が軋《きし》む悲鳴に近い騒音である。その騒音を掻《か》き分《わ》けるようにして、翌第一日目の早朝から、表敬訪問や報告会、地元の女性ヴォランティア（なぜか女性が多かった）が人口基金の援助金を元手に活動しているさまざまな施設の視察や、夜昼おかずの食事会とそれにつづく討論会がびっしりと詰まっている。それらにはいかにも公式訪問というかたちを整えた、双方の誠実と、儀礼的微笑と、熱のこもったスピーチが間断なく交錯し、フラッシュが焚《た》かれ、ニュース・キャメラが廻り、私の中で潮が引くように、急速に冷めてきた眼が焦点を失って宙に浮いた。

ちがう、と私は思ったのだった。私はこういう類《たぐい》のセレモニーがてんから苦手だった。熱心に推奨され、うかうかと闇雲にお受けした「親善大使」という栄誉あるお役目は、到底私の柄ではなく、気分にもそぐわず早々に返上しなければ……とこの時点では思った。

ハーバック省（現在はバクザン省とバクニン省に分割）タンイェン郡ノックチャウ村へ行ったのはいつのことだったか……ハノイを出ると街道筋に野菜や、すでに干からびているような魚を並べた小さな屋台がひしめき合っている。曇り空の下に拡がる土埃《つちぼこり》の道で子供たちは大声で叫び、笑い、転げ廻って遊んでいる。ものみなすべて、貧しく、生き生きと跳ねあがる。まだ十歳にも満たない少年や少女が担ぐ天秤棒の籠には、どこへ運ぶのか生活用品や土のついた野菜があふれ、荷車を曳《ひ》く女性たちの腰は、アオザイの中でたおやかに撓《しな》る、ほっそりとしたハノイの女性たちよりずっと骨太でたくましく陽灼けた顔が光っている。

街道の表や裏を縫うように蛇行している線路がある。ところどころで錆《さ》びついたようにも見える貧弱な二本の鉄道線路に、雑草がからみ廃棄された野捨ての線路かと思っていたら、名前を訊き忘れた幅の広い川の上の鉄橋を、驚いたことに、真っ黒に煤《すす》けて、左右の肩を咳こむように軋ませながら亡霊のように頼りない姿で、古ぼけた列車がやってきた。のたりのたりと歩くほどの速度である。

貨物列車かと思っていたら、窓の内側に鈴生《すずな》りの人が見えた。

「まさか、あれがヴェトナム・南北統一鉄道？　じゃないわよね。あの姿で南のホーチミン市まで走れるわけないわよね」

と娘が言う。

「走るんだと思うわよ、乗ってみる価値あるわね。車内は凄まじいそうよ。網棚と網棚の間にハンモックが吊ってあって、人たちが縦、横、斜めに詰まっていて、食べて飲んで、デッキから野原に向けておしっこをして、乗務員は煤けた体を貨物車両に金だらいを持ちこんで、素っ裸でじゃぶじゃぶと洗うんですって」

と、私は『もの食う人びと』の中で辺見庸さんが書いているヴェトナム銀河鉄道の受け売りをした。

「銀河鉄道《トラン・ド・ヴォアラクテ》？」

娘が聞き咎《とが》めた。

「満天の星の中を走るんですって。眼が痛いほど翡翠色《ひすいいろ》に輝く南シナ海の上も滑るように走るんですって」

私は娘の好奇心を煽《あお》りたてた。

「ふーん、ホーチミン市までは飛行機じゃなく、この南北統一鉄道に乗りたいと、資料を読んでから思っていたわ」

「国連の使節団がそんな贅沢《ぜいたく》はできないかも知れないわ」

「何が贅沢なの！」

折しも、やっとのことで鉄橋を渡りきったオンボロ列車の窓から一人の少年が体を乗り出し、自転車を必死で漕ぎながら列車を追いかける少年と大声で何か話し合っていた。列車と自転車はほぼ同じ速度で走っているのだ。列車に飛び乗ることもできるはずである。時速二十キロか三十キロだろうか。

「そうか、これじゃ旧サイゴンまで三日も四日もかかるわね、スーパー贅沢ね」

娘は納得したようだった。

あとから思えば、この列車は南北統一鉄道ではなかったにちがいない。ハノイ発ホーチミン市行の汽車がハノイから北上すること約一時間の地点を走っているわけはないのだから……。

悪道を揺られることさらに二時間ほど、ハーバック省タンイェン郡ノックチャウ村に着いたのは昼少し前、農家を改良したような細長い平家の中に診療所や集会所があり、若いカップルが実践している家族計画、「二人っ子政策」についての会議は、お祭のような賑わいだった。

田んぼの真ん中に建っているその診療所兼公民館のようなところには、たしか電灯も灯っていなかったように思う。暗がりに眼が慣れると、粗末な床机がロの字形にしつらえられ、二十組ほどの若いカップルがぎっしりと並び、好奇心丸出しの人の好さそうな顔で、私を眺めて笑いさざめいていた。多少の照れ臭さもあったのだろう、笑いは控え目で好意的だった。私は撮影班から手持ちマイクをもらった。親善大使なんかより、インタヴュアーのほうがよほど性に合っている。

「今からキャメラを廻します。何方《どなた》か代表して、みなさんの家族計画の実情についてはなしてくださる？」

みんなの視線を受けて一人の若い女性が、すっくと立ち上った。あまりにも自然で悪びれないその華奢《きやしや》な姿にみとれていると、もっと驚いたことに、彼女は澄んだ美しい声でうたいだしたのだった。視線を遠くへ結び、高く細く力強く、歌声は寒さに顫《ふる》える畑や水田の上を這うようにたなびいてゆく。水牛の角をつかんで梶《かじ》をとりながら、六、七歳の少年が腰まで浸った水田の中の野良仕事から歌声に顔をあげ、にこっと笑って手を振った。

一節終わると、一人立ち二人立ち、最後にはみんなが立って大合唱となった。

いくら撮影技術が進歩したとは言え、真っ暗く狭い部屋では動きがとれない。キャメラマンの無言の要請に娘が若者たちを外へ誘導した。

みんな衒《てら》うでもなく躊躇するでもなく、水が流れるように外へ出て畑の中に輪を作った。

それはあまりにも自然でうつくしい連帯《ソリダリテ》の姿だった。わけもなく涙が頬を伝った。

国連がつけてくれた日本語のうまいナムさんが概要を訳してくれた。

私の村は貧しかった
子だくさんで　耕地はなく　食物もなく病気ばかり
戦車の蔭でふるえながら
学校に行って勉強もできず明日もなく
幸せは　いっときとしてやっては来なかった
こんな生活止めようね
子は少なく産んで　大事に育て
みんなで幸せになろうよ国も地球も一緒になって！

訳されてしまうとただのプロパガンダにすぎないのに、切々とした澄んだかなしさが胸に沁みた。

この村にたった一人の看護婦さんという二十歳そこそこの女性に、出産後の母子を収容する病室をみせてもらって、また驚いてしまった。

入口にドアはなく、吹きっさらしのガランとした部屋にゴツゴツと鉄骨の浮き出たベッドが五、六床、マットレスも毛布もなく、ただ粗編みの茣蓙《ござ》が一枚ずつハタハタと風に鳴っていた。

「この……このベッドで母親と新生児は寝るんですか？」

「イエス」

若い看護婦はつぶらな瞳で真っ直ぐに私を見た。何か不都合でも？ と逆に問い質《ただ》されているようで、私は言葉に詰まった。

「太古から、女たちはこうして子供を産んできた。ベッドも毛布もなく、畑にしゃがみこんで、太陽に向かっていきんで、臍《へそ》の緒《お》も自分で切った」

背後から聞えた男の声はフランス語だった。びっくりして振り向いた私の前に、筋肉質の中肉中背の男が、がっちりとした濃いシルエットを浮かせて立っていた。

その男が四十そこそこであることが私には解せなかった。ヴェトナムで流暢なフランス語をはなすのは五十歳以上の中高年か、よほどのインテリである。その男はインテリには見えなかった。もっといわく因縁のあるしたたかな丸顔に切れ長の細い眼が、笑うでもなく詰《なじ》るでもなくキラリと光って私を見据えていた。口元だけがほんの少しほころんでいた。

「ウィウィ、そのとおりね」

私は慌てると、途方もないことを言ってしまう。

「パール・バックの世界だわね、あの、『大地』だったかしら、感動したわ」

「パール・バックの世界は、いまだに存在していますよ。地球の上は日本ばかりじゃないのでね」

意味の深い笑みを残して、男はよれよれのジャンパーに風を孕《はら》ませ田んぼのあぜ道を遠のいていった。

「あの人、誰?」

私は通訳のナムさんに訊いた。

「ああ、ヴィンさんです。凄く偉い人です。国連の日本側スタッフのごく一部には彼のよさがわからない人もいるようですが、ぼく、尊敬する人です」

どう凄いのか、それがどうしてわからないのかを訊く前に、私も娘もどうしてもトイレに行く必要が生じてしまった。

「ハノイを出たらトイレは大問題なの、覚悟してね」

と、国連人口基金ハノイ支部長のフランス人女性リンダが肩をすくめた。

「大丈夫、世界中のトイレ事情に通じる、私は唯一の日本女性よ」私は肩を聳《そび》やかした。

かなり遠くの畑の中に白壁で囲った建物がある。三方だけが壁で天井はなく、駆けこんだ私は棒立ちとなった。

なんたるおおらかさ、八畳ほどの土間には壁から少し離れたところに一条の溝が掘ってあり、それを跨《また》いで十二、三人の若い女性が、白くて丸いお尻をくるりと剝《む》いてしゃぼしゃぼとあたたかい音を立てながら用を足し、おしゃべりに興じているのである。

怯《ひる》んだ私に、元気な声が飛んで来た。

「マダム・大使！　ご遠慮なく、そこの隅が空いています」

私は大抵のことにはたじろがない。蠍《さそり》が出るというナイル河畔の岩間でも、ギュワンギュワンと不気味な啼《わめ》き声を立てる河馬《カバ》の群れの湿地帯でも、ハイエナがうろつくサバンナでも、雲の流れや一番星を愛でながら平気でしゃぼしゃぼとできるのである。

ただ、囲いの中の連帯《ソリダリテ》は駄目である。銭湯のような具合にはいかないのである。

笑いを堪《こら》えたリンダがヴェトナム語で何か言ってくれた。井戸端会議が一瞬止み、怪訝《けげん》な顔がいっせいに私に集まり、誰かの一言でわっと沸き、いっせいに立ち退《の》いてくれたあと、娘が私と共に入らず外で待っているのを見て、また賑やかな笑い声が起こった。

「日本人って不便な人たちね、親子一緒も駄目だなんて、時間のロスねェ。生活はとどこおりなく進行するのかしら」という具合であったらしい。

白壁トイレの十メートルほど先に、地面に花茣蓙を敷いて数人の若い主婦たちがあぐらを掻き、歌いながら拍子をとり、何かを盛んに揉《も》んでいる。細くよく動く指の間からこぼれ落ちるのは、粗くよれた緑茶なのだった。ハーバックはヴェトナム随一のお茶の名所なのだぞうである。

つい今しがた白壁トイレで見かけた女性が愛想のいい声で語りかけ、ヤカンを持って走って来る仲間を茶を揉みながら指差した。

橙《だいだい》色のアオザイを風にあおられ、頬を真っ赤にして走って来たのは、先刻美しい声で歌ってくれた二十七歳の主婦だった。

「マダムとマドモアゼルとハノイのリンダに揉みたてのお茶をご馳走したくて……」

息せききって、主婦は急須に湯を注ぎ、くるくると四、五回丁寧にゆすって、一番茶を地面に捨てこぼした。

「……?」

白壁トイレにはトイレット・ペーパーなどはなく、もちろん手を洗う水もない。そこから花茣蓙へ直行して揉まれた緑茶の、これはハーバック式消毒法なのだろうか。ともあれ、寒空の下、ヴェトナムの若い主婦たちが心をこめていれてくれたお茶は、これまでも、そしてたぶんこれからも他の土地では味わえない、すばらしい滋味と芳香で、私の心をぬっくりと温め、胃の底にはばかる魚醤の澱《おり》を清々《すがすが》しく洗い流してくれた。

明日はヴェトナムきっての大都会、その資本主義的自由な熱気と頽廃と、氾濫しているにちがいないセックスや無頼《ぶらい》の風に憧れて、若者たちが胸躍らせるホーチミン市へ発《た》つというその日、私たちはハノイ市内の病院や施設を廻ることになった。

撮影班が同行することになり、私はあの謎めいた中肉中背のヴィンという男性が撮影班づきのコーディネイター兼通訳であることをはじめて知り、ちょっと意外に思った。パリやローマで観光客相手のガイドや通訳をする人たちの中には、悪ずれのした連中も少なくないけれど、観光が目的ではない使節団や、ルポルタージュを仕切るこれら優秀なコーディネイターは、ほぼ決まったように礼儀正しく、懇切丁寧、ネクタイをきちんと締めて、雇い主の脇をヒタとして離れない。

ヴィンさんは四十一歳。膝の出ただぼだぼのズボンの上にたっぷりとしたお腹を乗せ、よれたジャンパーにポロシャツ、酔眼朦朧《すいがんもうろう》とも思える細い三白眼が時折キラリと光る。茫洋とした風情の中に隙がない。撮影のため交通渋滞の中に立てた三脚の横にも立たず、かなり離れた場所で、我関せずと言いたげにゆったりと腕を組んでいる。

「あの人、ほんとうは何者？」

ナムさんは、ふっと言いよどんでからきっぱりと言った。

「抗米戦争のときの……」

「ヴェトナム戦争と私たちが言っている……」

「ぼくたちにとっては抗米戦争です」

けだし当然であろう。

ヴィンさんは、北ヴェトナム情報部の筋金入りの闘士であったという。私は解けた謎に改めて納得した。

「戦争が終わって二十一年、その頃のヴィンさんは十九か二十歳でしょう」

「少年たちでさえ戦車の下で銃をかまえたのよ」

と娘が言った。

万感こめて押し寄せる想念を払って、私はその日で見収めの、ヴェトナムの首都ハノイに見入った。

電気もガスも水道さえない、辺鄙《へんぴ》な農村巡りが数日つづいたあとのハノイの町は道幅がことのほか広く、打ちすがれた建物とは対照的に街路樹のみどりが眼にしみるほど美しかった。そして、町は途轍《とてつ》もないエネルギーで沸き立っている。戦争の爪跡など踏みしだいて、アオザイをひるがえし自転車のペダルを漕ぐ女たち。人気《ひとけ》ない曠野《こうや》を駆け抜けるように驀進《ばくしん》するバイク。その間をクラクションを鳴らしつづけで反対車線に乗り入れたり、突如Uターンをする、まだそれほど多くはない自家用車やタクシー。北京や上海でもよく見かける風景だが、この町ではちょっとちがう。無秩序、無防備の混乱状態のようにも見えるがそうでもない。

池の王者鯉のような四輪自動車が鰭《ひれ》の向くまま気の向くまま、くねりと曲がると、金魚バイクやメダカ自転車が、図体だけが大きく、でも、決して覇者ではない四輪車の気紛れに、従うでもなく、楯突くでもなく実に柔軟に鯉をよけ、撓《しな》うような弧を描いてとどこおることなく流れてゆく。

なんと騒々しい整然さ。

これがヴェトナム社会主義共和国なんだ、とうっすらと了解する。

もちろん事故はよく起きる。一週間滞在したハノイで私たちの乗ったタクシーが二度衝突した。私たちを乗せたタクシーが飛び出した子供を避けるため、道幅いっぱいに横滑りして止まると、後ろから来た別の車がどっしんと音を立て、横腹をえぐった。一番先に乗りこんだ私が、思わず自分の横腹を抱えるように飛び出すと、運転手も転げるように飛び出して、何かを叫びながら手を上げて疾走してゆく。

私たちが待たなくてもすむように別のタクシーを呼び止めに行ってくれたのだった。そのうえ、止めたタクシーのドアまで開けて、私たちを招じ入れ、おもむろに追突車の運転手に笑顔を向けた。

「参っちゃうわね。凄いゆとりね」

私は呻《うめ》いてしまった。事故の目撃者証言なんてみみっちいことは無用であるらしい。二度目のとき、私は乗っていなかった。国連ハノイ支部長のリンダと娘の酣《たけなわ》にはずんでいるフランス語がなつかしいと、年輩の運転手さんが、まるっきりうしろ向きで話に興じてくるので、娘が思わず、「ときどきは前を見て運転してね」と遠慮しながら頼んだそうである。「オーララア、そうだった。ごめんよ」。運転手さんの朗らかな笑い声と、タクシーが歩道に乗り上げて何かの柱にぶつかったのは同時だったという。

このハノイ最後の日、あとから思えば消え入りたくなるほど恥ずかしい気紛れが私を捉えたのだ。信号機もない繁華街の四つ角で、縦横無尽にひしめき合う自転車の群れの中を、私はどうしても一人で向う側に歩きついてみたくなったのだ。

それを同伴している取材班の人が撮りたいと言う。かなり無謀な試みではあったが、私は鯉をよけて撓《しな》い泳ぐメダカさながら、卓越した運動神経ですいすいとわたりきれた！　と、キャメラの三メートル前まで来て、自讃の笑みに、にったりと顔をほころばせた途端、少年二人乗りの自転車と、がっぷり正面衝突をしてしまった。

「キャメラがあるからこその茶番劇よ。どうしてそんな無茶をするの。男の子たちのすまなそうな泣きべそをママンは見たの？」

とデルフィーヌがなじった。

右足に軽い擦傷を受けただけなのに、国連や取材班の方が心配して駆け寄って来てくれた。その人垣や自転車渋滞の間から、北ヴェトナム情報部の筋金入りの闘士であったというヴィンさんの面白そうに笑っている顔が見えた。ヴェトコンに所属した特殊部隊生《は》え抜《ぬ》きのヴィンさん。仲間の大半はアメリカ兵によって殺害され、彼自身も何回か南に潜入して命を落としかけた。

その彼から見れば、たかが自転車とぶつかったぐらいで騒ぐなんぞ、娘の言う茶番劇以外の何ものでもないのだろう。彼はにっこりと笑ったまま道ばたの箱にどっしりと坐《すわ》っていて立ち上がることもしなかった。立ち上がれないはずである。彼は磨いても決して光ることなどあり得ないおんぼろ靴を投げ出して、物乞い同然の靴磨きの少年に、小銭を渡して靴を磨かせてあげているのだった。

私は胸の中に、ある小気味よささえ覚えた。死を賭して修羅場をかいくぐって生きのびた人ならではの、ゆとりを見た思いで、清々《すがすが》しかった。

けれど、彼のこうした飄然とした態度は、勤勉かつ真面目さをよしとする、国連日本人側のスタッフの一部に不評を買った。三十六歳になるナムさんが、資格としては私の個人的通訳であるにもかかわらず、使節団全員に眼を配り、昼夜を問わず身を粉にして働いてくれるのと比較されたりもした。それは二人の生きて来た轍《わだち》が決めたそれぞれの個性なのだ。加えて言えば、ヴィンさんはナムさんより五歳年長である。あの時代の五年間の差は、平時とはちがい計り知れない体験上の差があるにちがいないのだ。ヴィンさんは、たとえ支援を受けている国連側の提案でも、ヴェトナムが利しない言動には断じて与《くみ》しなかったという。

そのヴィンさんは、仲間を殺したアメリカ人たちさえも恨んではいないという。アメリカ兵たちも傷ついた。悪いのは戦争を起こす「国」や「政府」という怪物だ。

戦争が終わって二十一年。南北統一から二十年。貧しさを蹴散らし、中国やフランスや日本や、そしてあのヴェトナム戦争さえももう振りかえってはいられない。決して忘れはしないが、長いヴェトナムの歴史の中で、抗米戦争なんて、ほんのちっぽけなひとこまにしかすぎない、とヴィンさんは言ったそうだ。

そのちっぽけなひとこまの間に、戦争が人間に課した災禍はあまりにも大きい。悪路を揺られてハーバックを訪れたとき、鉄道線路脇の土手に倚《よ》りかかって、黒くて長いサトウキビを売っていた十数人のあどけない少女の中に、手首や足首が直角に曲がっている子がいた、と娘が言った。

アメリカ軍は十年間に南ヴェトナムだけで九トンの枯葉剤を撒《ま》いたという。それによる不幸な結果は加害者であるヴェトナム帰りのアメリカ兵の個々の上に、そして日本でもおなじみの二重体児であったベト君、ドク君の上に、また重度障害を受けて、ホーチミン市内にある、ツーズー病院の鳳博士《フォン》の太陽のようにあたたかい笑顔のもとに保護されている腕のない子、両足が彎曲して立てない子らの上に、あまりにも無惨に刻印されている。

鳳博士の院長室で、松葉杖をつき元気にコンピューターの勉強をしている十五歳になったドク君に逢った。そのドク君を救うために体のほとんどの機能が停止し、スイスから来たヴォランティアの看護婦さんにスプーンで食物を運ばれているベト君は、顔だけが異様に大きく、うつろな瞳がガラス玉のように動かなかった。

けれど、両手のない子、両足が膝から外側へ直角に曲がって立つことも坐ることもできない子らは、つぶらな瞳で話しかけ、体が毀《こわ》れるのではないかと思うほど曲がった手足をゆすって力いっぱいの笑い声をあげるのだった。

白衣に着替えて入室できた未熟児、奇形児室の、粗末な一つの箱ベッドの前で私たち母娘は立ちすくんだ。上唇が裂けてその裂け目に醜い肉塊が盛りあがっている。あまりの恐ろしさに若い母親はこの子を捨てて逃げたのだという。赤子は病室が張り裂けるほど悲痛な声で、小さな体を顫《ふる》わせて泣いていた。

国連人口基金親善大使の大役を仰せつかり、二週間を通じてのヴェトナムで、戦争がなした悪業と、その結果の自らの悲運を、わが生命あらん限り、といった底力のある悲鳴で訴えていたのは、この生後二週間の女児だけであった。

「私たちの世代は戦争をテレヴィの映像でしか知らないのよ。湾岸戦争もサラエボもあのひどいルワンダの部族虐殺も……。ヴェトナムを見てよかったわ」

ロスへ帰る前に日本に立ち寄ったデルフィーヌが言った。

「枯葉剤の後遺症はひどいわね。トイレや飲料水もない農村地帯の貧しさもたいへんね」

私が言うと、デルフィーヌは眼を見ひらいて私を見た。

「ママン！　日本と比べては世界は見えないよ。地球の半分以上はヴェトナムよりずっと貧しいわ」

「知っているよ、そのぐらい」

「それに私が南のホーチミン市の隅々で見たのは枯葉剤の後遺症だけじゃなくて、足が地雷で吹き飛ばされた人や、実戦で腕や下半身を失《ゅ》くした人たちよ。市場であなたがインタヴューしていた周りにも四、五人はいたわ」

今度は私が眼を見ひらいた。私の眼には入ってこなかったのだ。

「足や手や、両眼さえも失った人たちをたくさん見て、戦争という概念でしかとらえられなかったものがリアリティを持ったの。しかもその人たちはまだとても若く、十五、六で銃を持っていた少年少女は、ナムさんのように今三十五、六歳よ。そして普通の生活をしている。はじめはそれが夢かテレヴィの中のことのようで凄くショックだった」

それは、私が、イラクとの聖戦《ジハッド》で地雷探知機のように前線に繰り出され、片手片足を失ったイランの少年から市場でタマゴを買ったときの衝撃と同じなのだろう。

そのとき、私は一人旅だった。

「親善大使って、結局は公式訪問の政治家みたいにキャメラや政府の要人に囲まれて、見えないものがたくさんあるんだ……。ママンはヴェトナムの表《おもて》を見、あたしは朝早くから自転車で裏通りにまで踏みこむ時間があったの」

と娘は言って、ある有名な科白《せりふ》をもじって私をやさしくからかった。

「Tu《チュ》 n'as《ナ》 rien《リアン》 vu《ヴュ》 au《オ》 Viêtnam《ヴェトナム》!(君はヴェトナムで、何も見なかった!)」

その昔、アラン・レネというフランスの監督が日本へ来て作った「Hiroshima《ヒロシマ》 mon amour《モナムール》(広島わが愛)」(邦題「二十四時間の情事」)の中で、岡田英次扮する日本人青年が、フランス女性の恋人に、再三つぶやいたこの科白がヨーロッパで大流行したことを、シネフィル(映画通)である娘は知っていたのだ。それは映画のライトモチーフであった。

「Tu《チュ》 n'as《ナ》 rien《リアン》 vu《ヴュ》 à《ア》 Hiroshima《ヒロシマ》！（君は広島で、何も見なかった！）」

「ヴィンさんはどうしているかしら？」

　ずっと気になっていたことが口をついて出た。

「ホーチミン市では見かけなかったような気がするけど……」

　過剰なスケジュールと、目白押しにやってきた衝撃的な印象に圧殺されたように、私の記憶は混濁している。

「ママンが馬鹿なけがをしてちょっとばかり血を流したときのヴィンさんは素敵だったわね。ママンは見なかった？　あのときの靴磨きの男の子の右足は腿の途中から失《な》かったのよ」

　取り返しのつかない悔恨が胸の奥にわだかまる。あの、私の不注意と軽率さゆえの事故以来、私はヴィンさんの姿を見かけなかった気がするのだ。

「それが何ほどのことです」

　と言うヴィンさんの声が聴こえる気がする。

「私はミッションの最後の瞬間までいましたよ。ただ、私はほんとうに私自身が必要とされている時を自分で判断し、それによって行動するのでお眼にとまらなかったのでしょう」

　と言っているような気もする。

さん。祖国のため、自らの信念のため、二十歳《はたち》そこそこの若い命を賭して戦ったヴィンさん。国連人口基金親善大使、などというしゃらくさい肩書きを背負って、アメリカとの安保条約の傘下、ときには同じアジアの国々を軽んじて独自路線のごときものをゆく、おとぎの国ニッポンからやって来た私の失策など、ほんの一秒間さえも彼の記憶の中に住まうことはできなかったのだろう。

娘の指摘した「私の、見なかったヴェトナム」の過去と現在を、個人レヴェルで見にゆきたいと思う。

過去を決して忘れはしないがこだわってばかりもいない、と言ったヴィンさんのうっすらとした笑みと、茫洋《ぼうよう》としたたたずまいの中に、自分とヴェトナムの過去をしっかりと畳みこんでいる姿をもう一度見てみたいと思う。

はなしはしなくてもいい。あの優しくて怖いほど鋭い眼をしっかりと見てみたい。汚辱と憤りに刻まれた傷痕を、ゆったりと咀嚼《そしゃく》した、顔も姿も、たっぷりとしたお腹もすべてまあるいヴィンさんの体は、いざという時には鋼鉄《はがね》のように強靭で、柳のようにやわらかく撓《しな》うのではないかと思う。

彼は過去を憎しみの糧《かて》とせず、明日への尊い命綱として温存している、真の意味で東洋的な哲学を会得した人なのだろう。

恩讐の彼方に……と言ってすべてを赦《ゆる》し水に流すのも東洋的美徳ではあるけれど、水に流すものの実体にさえ頓着《とんちゃく》しない傾向は恐ろしい。
過去をひもとかない国に、よい明日はないと私は思っている。

影を失くした男たち

ある大金持ちの豪邸で、紳士、淑女が集まっていた。そこに陰気臭くてうだつのあがらない、長身瘦軀《そうく》のかなり年をとった男がいた。

灰色の燕尾服を着ていた。

蒼々《あおあお》とした大海原と大空が接するところにぽっと明るい一点が灯り、宴《うたげ》の主《あるじ》が、

「望遠鏡だ！」

と叫ぶと、灰色の男はかしこまって琥珀《こはく》織りの燕尾服のポケットから、新式の望遠鏡をさっと取り出して捧げる。

「天下一品の眺めも、こう地面が湿っているのが玉に疵《きず》。トルコ絨毯でも敷きつめたら……」

と誰かが言うと、灰色の男はポケットに手を入れ、縦二十フィート、横十フィートもある金襴《きんらん》仕立てのあでやかな絨毯を取り出し、陽射しが強まると、直ちに例のポケットから天幕や棒杭まで出して、ちょうど絨毯を覆う大きさの立派なテントまで調達したのだった。

この不思議に輪をかけた不思議は、廻りにいる誰ひとりとして、これらの出来事を不思議とも思わず、いとも当然のことのように小さなポケットから出てきたテントの組み立てに精を出すことだった。灰色の男の存在をまったく無視して……。

そしてまた誰かの希望に応え、影のうすいこの灰色の男は、うやうやしく頭を下げ、ポケットから、鞍や馬具をつけた三頭の駿馬までをひき出したのだった。

これは、小説『影をなくした男』の冒頭シーンのあら筋である。

主人公である貧しくて気のいいペーター・シュレミールが、すっかり動転して、この気味の悪いおどおどとした灰色の男の正体を知りたいと思ったとき、男は物乞いのように哀れっぽい声で話しかけてきた。

「……実は――思いきって申しあげるのですが――それはそれは美しいあなたの影にうっとりと見惚《みと》れていたのでございますよ。

ところがあなたときたら足もとのご自分の影にはとんと無頓着なふうで、ちっとも目をやろうとはなさいませんでした。はなはだ厚かましいお願いで恐縮ですが、いかがでしょう。あなたのその影をおゆずりいただくわけにはまいらないものでしょうか？」

影を買いたいなんぞは、きっと気が狂《ふ》れているにちがいないと思いながらも、例のポケットから「幸運の金袋《かねぶくろ》」を取り出され、その中に手を入れると、汲《く》めどもつきない金貨が十枚、また十枚、またまた十枚と出てくるのを見て、われらの主人公シュレミールは、ついにこの金袋とひきかえに自分の影を売ってしまった。

私がこの物語を胸をときめかせて読んだのは、契約が成立し、灰色の男と握手を交わしあったあとの次のくだりだった。

――男はこちらの手を握り返し、ついで私の足もとにひざまずくと、いとも鮮やかな手つきで私の影を頭のてっぺんから足の先まできれいに草の上から持ち上げて、クルクルと巻きとり、ポケットに収めました。――

メルヘン仕立てのファンタジックな物語に添えられた挿絵がまたひどく奇抜で素敵なのだった。

その挿絵の中で、驚いて振りかえるシュレミールをよそに、灰色の燕尾服を着た長身の老人は、くつくつと、いかにもしてやったりと言いたげな笑いを口元に浮かべて、シュレミールの背後に伸びていた影を大事な反物《たんもの》でも扱うように腰をかがめて巻きとっている。

このときから、捨てるほどの金貨を持ちながら、影のないペーター・シュレミールの苦難の旅がはじまるのだった。

長いこと絶版になっていたこの『ペーター・シュレミールの不思議な物語』を私が読んだのは、池内紀訳で岩波書店から一九八五年に『影をなくした男』として新しく出版されてからどのくらい経っていたのだろうか。

少なくとも、この物語が書かれてからは二百年近く経っているはずなのだ。

著者、アーデルベルト・フォン・シャミッソーは、今から約二百二十年の昔、フランス革命前夜の、北フランスはシャンパーニュ地方の貴族の子として生まれた。一家が革命で貴族の特権を剝奪され、流浪と窮乏に身を晒《さら》す運命に転落したのは、フランス名、ルイ・シャルル・アドライード・ドゥ・シャミッソーが九歳のときだった。流転の末に落ち着いたプロシアの首都ベルリンで、十五歳になってはじめてドイツ語を正式に習得することに励む。私の想像では、このあたりからシャミッソー少年のドイツ人化が心に根づきはじめたのではないかと思う。

フランス革命が恐怖政治に暗転したあと、すでにプロシア軍士官であったシャミッソーは、ナポレオンに抗して祖国フランスと戦い、ついに捕虜としての身に甘んじなければならなくなった。そのとき彼は茫然として自分の影を探したのではないだろうか。灰色の男に語らせているように、それまではいっこうに無頓着で、目に留めることのなかった自分の影、自分の魂……、自分の祖国の在《あ》り処《か》を――。

このときから『ペーター・シュレミールの不思議な物語』を書くに至る数年間、彼はフランスとドイツを遍歴する亡命漂泊に身を晒し、結局は第二の祖国であるはずのベルリンに自分の居場所を見つけたのだった。

その間、勝利に酔うナポレオン統治下のパリで「私は無骨なまでにドイツ的であった」と語り、「フランスではドイツ人、ドイツではフランス人、プロテスタントの間ではカトリック教徒、カトリック教徒の間ではプロテスタント、貴族の間では革命派、民主革命派にあっては貴族派……」と、どこへ行っても拒絶の壁は高く、心安んじて影を落とせる場所がなかったのではないだろうか。

若かった私に、ジャン・コクトオが説いたように、影は心であり、魂であり、祖国であるのだろう。

たくさんの物語に、「影」はさまざまな彩りを添えている。リヒャルト・シュトラウスのオペラ「影のない女」。ウェンディの乳母役の犬に喰いちぎられた影を取りかえしに行ってウェンディにそれを縫いつけてもらうピーター・パン。

とりわけシャミッソーが生きた十八世紀後半から十九世紀にかけての東ヨーロッパでは、悪魔と取引をして自分の影や魂を売り渡すという奇怪な伝承が大流行した。

若さとひきかえに悪魔メフィストフェレスに魂を売ったゲエテの『ファウスト』が、作家生涯をかけての荘重な大作であるのに比べると、ひと夏で書き上げたという『影をなくした男＝ペーター・シュレミールの不思議な物語』は、著者自身の有為転変の物語であろうのに、主人公がどことなく間が抜けていて、あどけなく、冗談のような軽さがある。

このあっけないほどの軽妙な物語タッチは、二つの祖国のはざまで苦しみ抜いたシャミッソーならではの、品の良い極上の羞恥心ではないのか、と勝手に思う。

それにしても、彼はなぜドイツを祖国として選んだのだろうか。

フランス革命という運命のいたずらで祖国を失《な》くした男は、その運命に甘んじてか、名前までドイツ風に変えてしまった。

フランスとドイツの間には、私たち、〝島国〟という国境のない安全圏に住んでいる日本人には想像もつかない複雑なつながりがある。

たとえば今はフランスの一地方であるアルザスは、ライン川をはさんだ隣国ドイツに何度となく組みこまれ、一家の系譜をたどれば祖先がドイツ人になったりフランス人になったりしているはずである。その都度《つど》、国籍だけではなく、言語も文化も二つの国の間を往来《ゆきき》しなければならなかった。

私たち日本人は、幸か不幸かそういう苦労とは無縁だった。

でも……と、渋谷駅の前の大きなスクランブル交差点の人込みの中でたじろぎながら思う。

今、この通勤ラッシュの中で疲れ果て、苛立ち、夢遊病者のように蹌踉《そうろう》とただよっている私たち日本人には、まだ影があるのかしら。

金袋とひきかえに悪魔に売り渡すなどという、おどろおどろしいロマンではなく、ただ無作為に自ら消しゴムで影を消してしまったのではないかとさえ思う。

摩訶不思議なバブルに踊り、その崩壊に驚き嘆き、日替わりで起こる金融不祥事に国民はただあきれ、責任者、あるいは責任を押しつけられた当事者が首を吊って涙を誘っても、度重なれば白けるばかり。悪事を働く知恵はあっても、後始末に冷静な知性や理性のかけらもなく、ただドロドロと歯切れが悪く、幕もひけないていたらく。

文句は言うけどすぐあきらめて、暴動は起こさない日本人。

外圧に弱く、口は出さずにお金だけ出す、強国《アメリカ》追随の政治家たち。

それらについての、画一的でなんの見通しももたらさない洪水のように溢れる情報と解説。

豊かすぎる物質に埋《う》もれ、無いもの尽くしの心をかかえ、一歩外に出れば、これでもかと言わんばかりの過剰な指示マニヤックの蔓延《はびこり》。

たとえば駅。ヨーロッパの駅などは、人のざわめきはあっても絶対にないのがアナウンス。文字が読めないわけじゃなし、掲示板に表記してあるのに、「何番線に急行が……白線の外に……」。

雨が降る日は、「お足下に気をつけて……傘などお忘れ物のないように……」。

うるせえな、と私はつぶやく。

危険から守ってくれる有難いご教示が、生きものである私たちを去勢し、幼児化する。

最近のテレヴィには、話者が日本人で日本語を話しているのに、さらに同じことが、日本語でスーパーとして出る。

眼や耳の不自由な人への心配りなら、それもいい。けれど不自由でない人までが、至れり尽くせりの親切にからめとられ、私たちは次第に自分でイニシアティヴをとる機能を捨てる。

無菌状態の一見安全な奈落の底で、私たちは知らずのうちに影を失くしつつある気がする。自分という固有の主体がないから影もない。

影のないその日常に、あっけなく起こる親殺し子殺し。いじめや自殺やキレた子供のバタフライナイフ。

どうなっちゃったの、私の日本！　と心の中で呻《うめ》く。

影踏みごっこが失くなったのだ。子供たちが影踏み遊びさえしなくなってしまったんだ。影と影とがからみ合い、他の子の魂を踏みつけて遊ぶおちゃらけや、戦闘性。自分の魂は踏まれまいと逃げるすばしっこさや笑いがない。

睦《むつ》み合わず、戦わない場所に連帯性も人のぬくもりも生まれない。

「阪神淡路大震災で生きのびた人たちは日本人の顔はしていない。人間の顔をしている」と、東京に住む友人のフランス人ジャーナリストが言った。

渋谷のスクランブルを往く「人間の顔をしていない」と決めつけられたわが同胞を眺めてみた。眼がきつい。きついのに虚《うつ》ろ。その虚ろがほかの虚ろとぶつかり合いながら、わき目もふらずにせかせかと、ただし蹌踉《そうろう》と歩いている。

私の幻想の中で背の高い、灰色の燕尾服を着た男が一人の女性にすり寄って歩く。

彼女は若くて美しく、ルイ・ヴィトンのバッグを提げ、セリーヌのブラウスにグッチのベルト、靴はふたたびセリーヌで、歩きながらシャネル製の腕時計をちらりと見た。

「もしもしお嬢さん。お美しいのに、あなた、影をいったいどうなさいました？　どこかへ置き忘れて、それさえもお気づきではないようですね」

若い女性は耳にかかる長い髪の毛をうるさそうにちらりと払いのけ、足早になった。

「いかがでしょう。私には手持ちの影が幾つかあるのですよ。見つくろってお似合いのものを一つお分けいたしましょう。かわりに身におつけの物を全部ちょうだいいたしましょうか。ついでに美しいお顔に張りついたその暗い表情ももらい受けてさしあげましょう。いかがですか、私としたことが、飛びっきり気前のいい取引のご提案ですが……」

灰色の男の声が聞こえるはずもない若い女性は、人込みの公園通りを蒼ざめた顔で歩いて行った。

私には見える気がする。影もなく、着ている物もすべて剝《は》ぎとられた裸の彼女が、一人すたすたと孤独砂漠を歩いてゆくのが。

ひるがえって、いったい私はどうなんだろうと思った。革命、という祖国の一大事に遭遇し、やむない放浪を身に刻んだシャミッソーとはちがって、若かったとはいえ、自分から意志して祖国を出奔した私。

出奔、という大袈裟《おおげさ》なことばが実にぴったりとした時代だった。海外旅行は自由化していなかったのだから……。

その時から幾歳月、何もかもが自由になった今、私はあまり自由ではない自分が、日本とフランスという、仏・独に比べたら、距離的にも文化的にもあまりにも遠い地球上の二点を、右往左往するうちに、影だけが黒々と独り歩きをして、本体の輪郭がぼやけて消え失せるような恐怖を感じる。

フランスにも日本にもいない私。ただひたすら、曲がってゆく背骨の激痛に呻《うめ》きながらも毅然《きぜん》と老いてゆく母と、私自身の間を往復しておろおろとしている私の姿には、灰色の男だって食指さえも動かさないことだろう。

「ご明察。あなたは私のほしいものを何ひとつとしてお持ちじゃありませんからね。独りよがりな思惑がいっぱい詰まった影は、私のポケットには荷厄介なだけ。取引はいたしませんですよ」

くつくつと嗤《わら》う灰色の男は、私に一瞥《いちべつ》さえくれずに歩き去ってゆく。

何かを語りかけたいとき、感性や、綴《つづ》ってきた体験の相違で、ことばを呑《の》み、黙ってしまうことが年と共に多くなる。時は過ぎ、人も流れ過ぎてゆくものだから。

パリへ発つ数日前の、ある国内の空港で、見知らぬ人に『砂の界《くに》へ』を読んで驚いたと声をかけられた。十年以上前に書いたその本は、今、また文庫として出版されているが、そのときはほぼ絶版に近かった。

それなのにその人は、拙著の細部に至るまでを生き生きと自らに再現するかのように語ってくれた。いったい何者？　という私の怪訝《けげん》な驚きを察してくれた未知の人は、もったいぶらずにすらりと応えてくれた。

「ぼくも中近東やアフリカ、お書きになっている国々はほとんど歩いていますので」

「ウガンダやスーダンも?」

「ええ、ウガンダの部族闘争も、スーダンの反政府ゲリラも。黄金色の砂漠に沈む黄金色の夕陽も、みんな体験しました」

私が驚く番となった。そんなところを旅する日本人は、当時威勢のよかった企業の尖兵か、ジャーナリストしかいない。彼はそのどちらの顔もしていなかった。

「実は若いころ、青年海外協力隊にいましたので」

私は納得した。

鍛え抜かれた体つきと目の輝きは、修羅場をわたり瀕死の弱者を助けた人のものだった。

当然のように話がはずみ、私は戦友に出逢ったような歓びと安堵に、なぜか大きく深呼吸をした。絶えず流れてくる搭乗案内の一つに立ち上がった彼が言った。

「これからも、ぜひああいう旅をして書きつづけてください」

私はそのとき、『砂の界へ』の姉妹篇として書いた『ベラルーシの林檎《りんご》』を持ち合わせていなかったことを悔いた。

彼は、逆に一冊の本を手渡してくれた。

「今はこんな仕事をしています。いろんな国でいろんな奇病を拾ってこられるようなので参考にしてください」

私が感動したのは、「女優さんの身で、よくもこんな危険な旅をしましたね……」と誰もが言うことを、一度も言わず、ただ普通の女、人よりも少しだけ好奇心旺盛な一人の女が、無鉄砲な旅をし、感じたことを書いた、ということへの共感だけで話しかけてくれたことだった。

感じた内容がたぶん同じだったのだとも思う。うれしかった。

「ではまた、アフリカか中近東か、世界のどこかでばったりお逢いするかも知れませんね」

「協力隊にいたのは二十年も前のことですよ」

苦笑した彼はまだ充分に若く、友人の言った言葉を思い出させた。「彼は人間の顔をしている」。そして、とても素敵な日本人の顔をしている。

名刺をもらおうと思ったとき、彼のうしろ姿はすでに遠かった。渡された本は、輸入感染症に関しての錚々《そうそう》たる医師や科学者たちによる研究書だった。彼はこの中の筆者の一人か、編集者か、広報を担当している人なのか……。

名も名乗らず名刺もくれない日本人は、実に珍しく清々《すがすが》しかった。

遠のく彼には、アウトラインのはっきりとした、美しい影がつきそっていた。

女の不思議

私はあのとき、いったい何歳だったのだろう……。叔母に連れられて叔母の友人の家へ遊びに行った。

ヒラヒラのついた白いクレープデシンのワンピースを着て、私は叔母に手をひかれて歩くのが好きだった。叔母はお世辞にも美女とは言えないのに、かぐやかな雰囲気をあたり一面にふりまくチャーミングな人だった。何よりも母と似ていないところが好きだった。厳格すぎる母と比べて、叔母は、母言うところのフラッパーで、ほんの少し不良少女めいた蜜のような甘い匂いと、危なっかしい謎があった。当時にしては、服装の好みもたいそうモダンで、私の着ている白いワンピースも叔母デザインの特注品で、あの頃子供の洋服を作るのに仮縫いをさせる人も珍しかったのではないかと思う。

私は七歳ぐらいであったのかも知れない。

私とちょうどひと廻り違う叔母は、だから二十歳《はたち》になるかならないかの、青春の入口《とばくち》に立ったばかりの若い乙女であったはず。

私たちは廻り道をして、レンゲ草の花を摘み小さな花輪を作った。

野花《のばな》の咲き乱れる丘の上の原っぱには風がわたり、叔母はひらひらと走りながらもひと掃けの翳《かげ》りを浮かべて、何かをつぶやいていた。

「……昼間の疲れは、私に重い……」

という一節だけが聞きとれた。

「なにが重たいの？　昼間、どうして疲れるの？」

叔母は私の問いにくるっと振り向き、黒雲をかき分けて燦然《さんぜん》と輝く太陽のようにピカピカと笑った。

この笑顔を私は今も忘れない。そのときからほぼ四十年、自宅から十メートルも離れていない超渋滞中の道路で、停車していた大型トラックの前を小走りに走り抜けようとした叔母は、あまりにも大きいトラックの運転者の死角に入ってしまったのか、急発進した巨大トラックの、自分の体よりも太いタイヤの下敷きになったのだった。

「顔だけがきれいだったのよ。体は、からだは……着ている洋服の上から、タイヤの跡が……太いタイヤの跡が……」

溢れる涙の間からかすかに聞きとれる母の国際電話の声を聞いても、私には実感が湧かなかった。

太いタイヤに轢《ひ》き殺された叔母を想像することはできなかった。

黒雲をはねのけて、虹のように輝いたピカピカの笑顔しか憶い出すことはできなかった。

「ねえ、どうして昼間が重たいの？」

しつこい私の質問にそのとき叔母は応えた。

「この人ね、黄色いバラが好きだったのよ」

「この人ってだあれ？　これから行くお友達？」

「ううん、リルケという人よ。詩を書く人なのよ」

「ふーん」と生返事をしながら、大人ってなんだかややこしいんだな、と思った。

「ごめんください」

と言って友人宅の玄関のひき戸をひいた叔母は、あかいガーベラの花のような、あでやかなシルエットを浮き立たせていた。

「あーら、まだ支度《したく》できていないの」

と言って奥から現われた叔母の友人を見て、私は声もなく立ちすくんだ。その人をはじめて見たのは、そのときから半年ほど前、彼女が出征する、学生のように若いいいなずけにしなだれかかって、子供心にも眼をそむけたくなるような光景を呈していたひと夜だった。彼女はすばらしく美しかった。

その美しさは、ふつうの美しさではなくて、誘《いざな》いをこめた妖《あや》しげなしめり気を含んでいた。七歳の少女であった私が、眼をそむけたい気分にかられたのは、男と女のいる風景ではなくて、たぶん、この人の妖しいしめり気がうっとうしかったのかもしれない。

半年経ったその日、足をひきずるようにして玄関に現われたその同じひとは、私が息をのみ、再び眼をそむけなければならないほど、乾ききって醜かった。恋人の前でしなを作っていた象牙のように白かった両腕は、だらんと真っ直ぐに垂れ、雨に濡れた墓場の塔婆《とうば》のようにうす汚れて気味が悪かった。

「どうしたの、元気を出して！」

叔母はあたりのいっさいに関わりなく、靴を脱いでずかずかと上がりこみ、その人の乱れた髪の毛をさっと束ねて自分のハンカチーフを出して結び、その上にレンゲ草の花輪を載せた。

白粉《おしろい》っ気《け》のない蒼ざめた顔が、ちょっと歪《ゆが》みぽろりとひと粒涙が頰をはった。

それが、「女の不思議」を見た、私の最初の印象的な体験だった。


時が流れていった。

女の不思議も美醜の基準もすっかり変わった。

日本には恋人を戦争で失う女たちもいなくなった。

女たちが姿かたちや心映《こころば》えを気にする時代になった。

ある日私はテレヴィの中で「タレントさん」と呼ばれる一人の女性の個性的なたたずまいに魅せられた。かなり長いこと日本にいなかったので、タレントということばが耳新しかった。

「タレント」という外来語が輸入されてからどのくらいの年月が経つのだろう。タレント、かんたんに言えば才能とか、技量、名手、の意味で、古代ギリシャや、ヘブライ（ユダヤ）語では、「銀」のように価値あるものの重量単位でもあったらしい。銀約二十六キログラムが一タレント、といった具合で、古代社会では貨幣の名称でもあったらしい。

らしい、を連発せざるを得ないのは、私の知識と記憶が曖昧だからで、はじめてその言葉に接したのは旧約聖書の中だったように思うが、それとて確かではない。

しかるべき言語辞典をひもとけばいいのにそんなことは億劫なのだ。なぜなら、語源がどうあろうと、その日、かなりヨーロッパ呆《ぼ》けした私が、久方振りに帰った日本では、すでに「タレント」は日常語になっていたのだから。

俳優とか女優とか歌手とかの名称に慣れていた私には、おしなべての新語「タレントさん」が、新鮮な戸惑いであったのだ。

その戸惑いをなんのけれん味もなく一緒にテレヴィを見ていた人たちに言ったのだったが、そんな私をあとでその中の一人がかなり鼻白んでなじったという。

「ナニサマだと思ってるのよ。テレヴィを馬鹿にして！」

ン……？　あ、そーか、テレヴィが生んだ現代日本語なんだ、と鈍い私もすみやかに納得した。そういえば聖書の中にでさえ出てきた気がする。芸を能《よ》くする人＝タレント。

ちがったかしら……。

いちいち聖書をひき合いに出して鬱陶《うっとう》しいかも知れないが、私はこの頃、ヨーロッパの文化や芸術、日常生活でさえ、旧・新約両聖書を無視しては、パリに住む身であるにもかかわらず、永久に外国人として蚊帳《かや》の外をうろつくことしかできないと思っていたのだった。

ともかくもその日、南回航路の長旅で、朦朧《もうろう》と時差ぼけのした頭が、テレヴィの中の美男司会者が開口一番言ったことばに面喰らったとしても、「ナニサマよッ」となじられるほどのことでもないでしょうに。

司会者は言った。

「あなたみたいにすばらしいスタイルのタレントさんが、どうしてスカート穿《は》かないの？」

えッ？　と私。これが聞き初《ぞ》めだった。スタイルがいいと言われたタ、レ、ン、トさんは、珍《ちん》しゃんとした小さな顔を、大きな口がぱかっと喰ったようにアンバランスな風景を呈していた。その風景の中を華やかな笑い声が嗄《しゃが》れて拡がった。

今までの日本美女の規格には到底はまりきらない強烈な個性である。

「あのねー。スカート穿くとどうやって歩いていいかわかンないのよネ。ほら、見て、あの人たちの歩き方」

画面は変わって、パリの有名デザイナーのコレクション発表のＶＴＲである。ため息が出るほどプロポーションのいい外国人マヌカンたちが、シンプルでスポーティなワンピースや、スリットの深い細身のスカートから惜し気もなく、ときにはスリットが舞いあがって脚線美を通り越し、太腿美（？）まで露呈するような状況の中で、いとも涼し気に、コケティッシュな威厳さえ備えて闊歩している。

彼女たちの脚線美は、脚だけ見ると細《ほ》っそりして造形的には美しくても、むしろ無表情である。

いわゆるファニー・フェイスのこのタレントさんが、歩き方に自信がなくて隠しているつもりらしいパンタロンの中で、いつの日にかの出番を待っている脚のほうがよほど豊かな表情をもっているにちがいないと私は思った。

それなのに彼女はうっとりとした羨望《せんぼう》のまなざしで舞台の上のマヌカンたちを眺める。

鼻をつんと上に向け、肩を微動だにさせず踊るように、見物人たちをちょっと小馬鹿にしたように睥睨《へいげい》しながら歩くマヌカンたちはたしかに美しい。髪の毛の先から爪先まで、露呈しているすべての「自分」にナルシシックな自信を持ち、その見事なまでの自信のほどが、一場《いちじょう》の夢をつくる。

シンフォニーが流れ出すようなリズム感のあるシルエットは冷たいけれど典雅、ソフィスティケイトされたエロティシズムが匂う。

「ねー、あたし外人に生まれたかった！　(ここで笑いが起こった)足が長ーいのよねェ。そいで、バサッバサッって大股で男みたいに歩くのよねェ、カッコいいわねェ、あたしたちあんな歩き方できないものねえ」

どういたしまして、と私は思った。彼女がそのとき、勇気ある茶目っ気を起こし、ＶＴＲ

にフェイド・インして舞台の上に踊りだしたとしたら、マヌカンたちの職業的に洗練されたテクニックはないにしても、その水際《みずぎわ》立った個性と独特のユーモアで、満場の人々を魅了したにちがいない。

要は、自信とコンプレックスのバランスの問題である。

どうやら番組は、コレクションを観《み》ながら、洋服の着方や女のおしゃれ美学について討論（？）する趣向であったらしい。それにしても、洋の東西をはっきりと二分する、女の歩き方を意識するこの女性は、かなりセンスのよいひとのはずである。

日本女性が、手鏡のおしゃれから、姿見の、つまりトータルでの自分のいでたちに眼を向けるとき、背筋を伸ばして、視線をあげ、膝を曲げないで歩くようになるとき。また好きな人の前で、くんにゃりとやるせなく肢体をよじり、舌っ足らずの甘い声でベタリベタリと媚態を弄《ろう》さなくなるとき、日本女性美の歴史は変わるのではないだろうか。この番組を観てから早いもので四分の一世紀近くは経つ。日本も日本人も、男も女も、いちじるしく変わったようにも思えるし、さしての変化はなくも思える。

番組に戻れば、英語が達者であろうと思える男性司会者が、そこだけかなり日本語的でない発音で、「世界中から選び抜かれたマヌカンたちはかなり厳しい訓練を受けて完璧にソフ、イ、ス、テ、ィ、ケイトされているのよネ……」

ソフィスティケイト……。私もよく遣うこの言葉はかなり曲者《くせもの》である。私たち一般の日本人は、かんたんに洗練された、という具合にいい意味で遣う。パリの一流宝石店などでも、名匠の一品を顧客に見せながら「いかがですか、すばらしくソフィスティケイトされた当店自慢のブローチです」などという。

逆に、ある人物を評するのに、「彼女の、あのソフィスティケイトされた嘘っぽさ我慢できないわ」などともいう。

詭弁《きべん》を弄し、まことしやかに屁理屈《へりくつ》をこねる偽物、上っ面《うわつら》だけで中味は空疎でお粗末。という具合にも遣い、そのどちらも正しいのだ。

ひとつの言葉は、それを遣う人やそのときの社会の事情、また聞きとる側の事情などでさまざまに変化するが、源泉をたずねれば、またまた古代ギリシャのsophístes《ソフィステス》である。

もともと、何か秀れた技量を持つ達人や知恵者、つまりは稀有なるタレントたちが、それを磨き、周囲の蒙《もう》を啓《ひら》く教師でもあったらしい。

私はここで、紀元前五世紀にギリシャはアテナイという、自由で明るくて知的な天地に巻き起こったソフィストたちの活動や功徳《くどく》、それを危険視したいつの世にもある保守的伝統派の反対。また、ソフィストたちの中でも「弱論を強弁する」という、ある種のごまかしを指摘し批判しだした、ソクラテスやプラトンを持ち出して、百科事典を開けば一目瞭然にわかる、「才を磨き知を啓く」から「詭弁論」と決めつけられるに至るまでの筋道を得意気に書き立てるつもりはない。ただ、何気なく遣われている言葉の語源とその変遷をたどるのは嫌いではない。

　というわけで本題に戻れば、人間は男も女も醜いよりは美しいほうがいい。ぐじゅぐじゅ、くにゃくにゃよりは、すっぱりと潔いほうが見栄《みば》えもいいし、見栄えはときとして、内面にまで浸透してゆく魔法を持っている。

　この魔法をうまく手懐《てなず》けて、弱気の虫を衣更えさせることができれば、生き方までが心映えよく、しなやかな強さをにじませてくるケースだってあり得る。すべてはその人間の生きるうえでの才能《タレント》と、虚を実にすり替える想像力豊かな芸にかかっているのだと思う。

　ファッション・ショーの中で、日常を追いやり、「見られる人」として思いのたけ変身し、奇抜な化粧や斬新な衣裳を纏《まと》ったマヌカンたちは、状況が作った魔法を取りこみ、見物人を刺激し、その興奮に自分もまた刺激され、女としてのタレントとソフィスティケイションの極みをつくして瞬時の夢を作っている。私に言わせれば、これぞまさしく一場《いちじょう》のはったりである。

　ライトが消え、衣裳を脱げばただの日常が待っている。けれど瞬時の夢を通過したあとの体やこころには、いくばくかの非日常が残っているはずである。その非日常をうまく紡ぎ、厭《いと》わしいと思っている嫌いな部分の自分を押し除け、少しでも気に入っているほうの自分に移行させてゆく試みをすることが、女の甲斐性なのだろう。

　女、という不思議な生き物を考えるとき、そこに立ちはだかる数々の敵のうち、かなり手に負えないものの一つは、誰もが後生大事に抱えこんでいるコンプレックスである。そのやっかいなコンプレックスが猛威を振うのは、決まって、取りかえしの利かないほど貴い青春真っ盛りの若い季節なのである。

「青春は、若い奴らにはもったいない」

としゃれたことを言ったのはオスカー・ワイルドだったかしら。

私自身、十代の終わりから三十代後半まで、女優という一見華やかな職業に身を置きながら、女としていちばん輝かしい若い季節を、数えきれないコンプレックスにさいなまれて、なんともったいなく苦悩のうちに過ごしたことか。

そのくせ、そのコンプレックスとは裏腹な、自分への信仰のようなものもときどき頭をもたげてくるからややこしい。

若いときの私は、コンプレックスとその蔭にひそむ自信のようなもの両者を、いかに人知れず、女優という華美な身化粧を纏いながらコントロールしていたか……。

そして今、女としての人生もかなり日暮れてきて、通過してきた人生の節目や曲がり角の多さに、心の中のあちこちにできた瘤《こぶ》が歩くたびに痛く、思わず顔を顰《しか》めたりする。そんなとき、ふと人に呼びかけられでもすると、蠢《うごめ》く瘤を力いっぱい追いやって、「なあに？」と振り向きながらピカピカと笑う。七歳の少女だった私に、リルケの詩が好きだった十九歳の叔母が見せた、風の吹くレンゲ草の野原でのあの笑いが私に乗り移っているのだ。

それはたぶん、幾つになっても心の奥に住んでいる、女という生きものの、あわれや詮《せん》ない心意気。おしゃれという名のはったりである。

今、日本の若い人たちを私は少しまぶしく、少し羨ましく、少し怖がりながら眺める。みんな体格もスタイルもよく、明るくて、人にウケるこつをよく知っている。彼らの会話の進め方や、間のとり方は絶妙で、名詞に直接動詞をくっつけて、「お茶してます」とか、「二人ぼっちしようよ」なんていうテレヴィドラマそこのけのテンポと洒脱さと空虚さが怖い。

人に見せる部分がひじょうにうまくいっていて、隠れているにちがいない翳《かげ》りの部分が窺《うかが》いにくい。

窺いにくくはあっても、彼らにとってはそここそが自分なりの影でありアイデンティティなのだろう。

女の不思議も時の流れと共に居場所を変え、姿を変えるのかも知れない……。

女のはったり

その日私は疲れていた。

出発直前の空港ロビーに並んでいる椅子の一つによろけるように倒れこみ、眼をつむっていた。

「ラウンジまでお供します」と心配してくれる航空会社の方の親切を断わって、何しろ一人でぐったりしていたかった。

ラウンジまでのほんの百メートルほどを歩くのさえ億劫だった。

ロビーはひどい人込みで荷物と荷物の間を縫うように人の波が流れた。

「あのー」と誰かが言っている。二度目の「あのー」がかなり近い距離で、生あたたかい息が顔にかかってくる。うっすらと眼をあけると、至近距離でにっこり笑っているのは上品なご婦人。

「おやすみになってたのかしら……。突然ゴメンナサイね。昔からのファンなの、あまり偶然なのでつい声をかけちゃって……」

と、ここでご婦人は上から下までとっくりと私をご観察なさり、首をちょっと傾げてしなを作った。

「いつまでもお若いのねぇ。秘訣を教えてェ」

と甘い声。

(そんなこと、この混雑の中で訊くことかヨ)

と内心毒づきながら、瞬間、婉然《えんぜん》といえるほどのインスタント女優顔を作る。

「実はねえー」ご婦人は私の肩から腕をさするように撫でおろしながら、ほとんど隙間のない座席に斜めに体を入れ、いとも上品に腰をぷるんぷるんと振って、隣席の男性と私の間に決して細くはない体をすぽりと入れてしまった。

男性から右側の四、五人が少しずつ斜めに傾き、次に少しずつお尻をずらしてくれた。

「あーら、ごめんなさい」

と、その彼らに上品な挨拶をした彼女は、もう一度私の肩を撫でおろし、腕を摑《つか》んでゆすぶる。

「実はねえ。わたくしたち同い年なの」

愕然として、ブランド品で身をかためた上品婦人を打ち眺めた。睡気が吹き飛んだ。

(冗談はほどほどになさいませヨ)

私よりひと回りは老けて見える。それはいいとしてなぜこの令夫人にわたくしたち、と同年の仲間意識でも喚起するように体をさすられなければならないのか！

家族なのだろう、少し離れたところでさかんに照れているこれまた申し分なく上品で、人の良さそうな老若男女の一群を見て納得した。

(幸せなんだ、この人たち……)

「大家族でお幸せね」

「はあ?」

「私のようにたった一人で、人の百倍も苦労があると年を取ってる暇はないの」

少々ニベもない言い方だった。私は自分が意地悪女になってゆくのを感じる。

ご婦人はそんな私の心証には毛ほどの関心もお示しにはならず賑やかに笑った。

「まあーご冗談! 苦労がおありなんて嘘みたい。いつも生き生きとお若くて、パリにお住みなんでしょう? 優雅ねえ。羨ましいッ。きっとそれが若さの秘訣ですわねェ」

(何をおほざき遊ばしますッ)

短期帰国の予定が、母の三回にわたる入退院で延びに延び、その間、異常気象でパリに荒れ狂った大暴風雨。屋根からの雨漏りで、わが家は二年がかりで改装したばかりの天井がめちゃめちゃ。その雨漏りが壁を伝って階下にまで被害が及び、そこの住人に果たし状を突き付けられている。何がパリに住むのが若さの秘訣よ、何が優雅よと勝手ながら、私すこぶる虫の居どころが悪い。

雨漏りに関しての果たし状など少し大袈裟《おおげさ》な言い方だが、なんの因果か知り合う前からコトを構えなければならなくなった、パリでの階下の住人が、これまた私と同い年なのだ。

幾つになってもへんにうぶなところが抜けない私には決して備わらないであろう年相応の威厳が彼女にはたっぷりとある。そのうえ、莫大なお金持ちでもあるらしい。常に弁護士を四、五人はべらせている典型的な裁判好きのアメリカ女性である。

「風と共に去りぬ」のスカーレット・オハラと、パリのモード界を牛耳った利《き》かん気のココ・シャネルを足して二で割ったような激しい気性と、世界は自分を中心に廻っていないと気がすまない我武者羅《がむしゃら》なエゴイズムが、人呼んで「サン・ルイ島の女王気取り、ナニサマのつもりよ」ということになるのだが、その傲慢さは滑稽で鼻持ちならないときと、小気味がいいときがある。

お金にあかせたおしゃれは、渋く抜群のセンスで、さぞかし美人であったろうそばかすの浮いた顔に、いつもうっすらとほどこした化粧と、時と場合に合わせて、これまたごくひかえ目にひく口紅の選び方が憎い。

同い年でも三人三様である。私の腕を摑んで放さない日本の上品婦人は、顔いっぱいに小皺を満載し、唇にべったりと朱肉色の口紅。朱肉の紅が疲れた私の胸に嵩《かさ》ばる。

ゆきがかり上、ここで少し横道に分け入るのをお許しいただきたい。

サン・ルイ島に越したときから、三百五十年近く経つ、一部が文化財指定になっているやつかい極まりない私のアパルトマンには、さまざまな怪事が起こり、その手はじめは床と壁の間や、コンセントの穴からもくもくと雲が湧くように部屋中にたちこめてくる煙であった。大昔のゴロワ人（現フランス人）が言ったように、天が頭の上に落っこちて来たような驚愕だった。

それが階下の、そのときはまだ見知らぬ、すこぶる気の強い貴婦人と噂のあるN夫人家のだんろからの到来物であることはすぐわかった。

これがパリの同い年夫人との、つき合いのはじまりである。と言っても彼女と実際にまみえたのは、二年も先のことである。

引っ越して来たばかりの新参者として、礼を尽くし、電話で控え目にではあるが煙地獄の実情を訴えると、アメリカで大きな事業をやっているという夫人からはまことにビジネスライクな応えが返ってきた。

「だんろというのは焚《た》くためにあるので、その結果なんらかの支障が起きた場合、この建物全体の住人が責任をとり、不都合を取り除く義務を荷《にな》う、というのがこの国の法律です」

こちらは燻製《くんせい》になりかけているのに法律を持ち出されて途方に暮れた。管理人に相談すると、サンディック（管理事務所）へ訴えろという。そのサンディックはのらりくらり。

十七世紀という果てしなく遠い昔から、三百五十年間、焚きつづけられているだんろの煙突は壁の中で亀裂を起こしても不思議ではない。その亀裂が不幸にして、私が貧弱なるわが財産のすべてを傾け、長年にわたるローンを組んで買い求めたアパルトマンの床の周辺で発生してしまったとしても不思議ではない。いちばんの不思議は、三百五十年もの間、朝から晩まで冬の間焚きつづけられる業火を耐えに耐えてきた壁に埋められた煙突が、ついに耐え切れず堰《せき》を切ったように、幾筋もあるにちがいない亀裂から、外気の中へ黒煙を吐き出したのが、私が精根こめた内装工事を終了してほっとひと息ついた、まさにその時ということなのだ。

ああ煙よ、煙突よ。なぜ工事をはじめる前に自己主張をしてくれなかったのか。それより、もっと前、買おうか買うまいか、私が迷いに迷って二度目の下見をしたあの時だったら、ノーと言ってあっさりあきらめたはずなのに……。

薄いベージュ色の絨毯に、オフ・ホワイトの壁……生まれてはじめて思うがままに改装したいとしのマイホームを、惚れ惚れと眺めた幸せは、ほんの一ヵ月もつづかなかった。

三百五十年もの間、耐えて、たわんだ古煙突の裂け目が吐き出す恨みの煙が、三世紀半の壁の中での湿っぽく陰気な生活臭を伴って、薄雲のように家中を這い、煤色《すすいろ》のヤニで白壁や壁際の絨毯に模様を描きだしたとき、こうした悪夢は、いつか醒めることがあるのだろうか、とただ惘然《ぼうぜん》とした。

悪夢は醒めないのである。

なんとかしなければ何事も変わるはずはないのである。

日本流に言うと、二階にあるN夫人のアパルトマンと、四階にあるわが家の間には当然三階の住人がいて、しかもその人は医者である。その人にAという仮名をつけたい。醒めない悪夢にじたばたする私を慰めるようにドクターAは言った。

「薪を焚いて出る煙は、人体に害を及ぼさないんですよ。その点問題ないのでご心配は無用です」

（それが医者の言うことかヨ）

私は断固として言った。

「でも私、スモークドされるためにこの家に越してきたサモンではありませんので」

ドクターAは、は、は、は、と笑った。

ずっと後になって知ったことだが、N夫人は正しかったのである。建物内に起こる不都合は、たとえそれがたった一軒のみの被害であっても、共同所有物の損傷が原因であれば、全員が共同責任をとり修復工事をしなければならないのだ。考えてみればごく当然のことである。

けれど、誰が好きこのんで、自分の家とは関係のない場所で起こっている煙事件の修復工事になどお金を出すだろうか。

特にその頃、経済成長がいちじるしく上向きはじめ肩と札束で風切って歩きはじめた一部の日本人を快く思わなかったであろう住人たちは、新参者の日本の女は煙に巻かれればいいと思ったかも知れないし、気の強いアメリカ女は、他に三つの大きなだんろがあるのだから、はた迷惑な四つ目のだんろぐらい使わなければいいと思ったかも知れない。正直言って、これは私が心底願ったことでもある。

とにかく勝手にやってほしい、というのが本音であったろうし、これも後になって知って驚いたのだが、管理事務所であるサンディックは、面倒事を嫌い、情報を開示しなかったので、わが家の煙問題はごく二、三の人しか知らなかったらしい。

十七世紀半ばに建造されたこの建物は、荘重な扉をぎいーっと軋《きし》ませて開くと、石畳の中庭に八重桜の大木がある。その桜を囲むようにしてコの字型に建てられたマンションなのである。

その桜が咲いて散り、また咲いて散った二年目の春、私の我慢に限界が来た。

一年に一度、十数軒あるアパルトマン共同体がさまざまな問題を解決すべく寄り合いをする。残念ながらその日私は仕事があって欠席を余儀なくされ、かわりに事情通のドクターAに委任状を託した。さまざまな問題の一つとして、管理事務所であるサンディックがやっとわが家の漏煙問題をとりあげてくれたのだった。

それから、またかなりの時間が経ち、忘れた頃に届いた理事会からの報告書にわが家の煙問題に対する決議文があった。

発言者はドクターAと明記してある。彼によれば、

「昨今マダム・キシが訴えている煙の不規律な微漏は、建物や煙突自体の構造的な疲弊などという大袈裟なものでは決してなく単に煙突掃除の不行届きが原因と思われる。したがって、N夫人は問題となっているだんろの煙突掃除を、法律で定められた年一回を二回に増やすこと。ただし、この費用はN夫人の提訴を認めC棟（コの字型の右の一辺）の住人全員で

負担すること」（傍点は筆者）

これぞまさしく欠席裁判。こんな気安めのおためごかしでこの問題を葬られてはたまらない。それが煙突掃除ごときで解決するはずのないことを知りつくし、しかも私からの委任状を持って出席したドクターAの発案であったと知って、私の神経がキリキリと痛みはじめた。しかも、報告書の末尾に注意書きとして、本日の決議案に異論がある場合、××日（一ヵ月だか二ヵ月だか忘れた）以内に申し出ないと、異議なきものとして可決する、とある。

何よこれ、その期限があと四、五日に迫っているのだ。郵便の遅配か、他意あってのことか……ひとを莫迦《ばか》にするのもいい加減にしてほしい。何しろこの頃、私はすべてに疑心暗鬼になっていた。沈思の末私は家を出た。はじめはゆっくりと歩き、次に早足となり、ついには走っていた。さながら任侠映画のクライマックス、月光を浴びて一人ゆく高倉健さんの気分で……。耐えて耐えて耐えた末、滾《たぎ》る怒りを胸に秘め、匕首《あいくち》ならぬ、売買契約書をフトコロに呑《の》んで、セーヌ河中洲のサン・ルイ島から、ノートルダム寺院のうしろ姿を眺めるには絶好といわれるトゥルネル橋を駆け渡り、パリ左岸にある公証人の事務所になだれこんだ。日本でのことは知らないがフランスでは、不動産売買のとき、すべて公証人を通して契約がなされ、取得税も公証人に支払う。いわば国家の機関である。

煙漏れは、ずっと以前から少しずつあったのではないか、二度目に下見訪問に行ったとき、すでになんとなくスモーキーであったこと。リヴィングのだんろに湿った薪がくすぶっていたのは、カモフラージュの目的があったのではないかなど、まるで駆けこみ寺にへたりこむ陳情者のように私は訴えた。

公証人って凄い、偉い、と感服したのは、彼がその足でわが家へ現場検証に来てくれたのである。

「こんな状態をあなたは二年間も我慢しつづけていたんですか。管理事務所の責任者も、事務所おかかえの建築家も一度も見には来なかったんですか？」

公証人はよほどびっくりしたらしく、しばらく腕組をして私を見つめたあと、ぼそっと言った。

「ご主人のイヴ・シァンピさんが生きていらしたら、彼らはこんな態度はとらなかったはずだ」

私はピクッとした。それは私が拒絶しながらも二年間思いつづけていたことだった。しかも煙問題の直前、改装未完成のわが家のリロンに、同じ医科大学出身のドクターA夫妻を招いて、亡夫と共に食前酒を飲み、和《なご》やかなひとときを過ごしたこともあったのだった。

それらの繰りごとは心の中に封じこめ、私はひたすら今現在の解決策を考えた。他の隣人たちに迷惑をかけず、しかも徹底的に煙地獄から抜け出す方法はないものか……。

「裁判もいやだし、弁護士もいやなんです」

「スモークド・サモンになるのはいやじゃないんですか？」

公証人にはユーモアがあった。

「人生には二者択一を迫られるときが、一度ならずしてあるものです」

それは私も経験ずみである。

「何かの妙案を立て、N夫人に破損煙突のだんろの使用をあきらめてもらうわけにはいかないでしょうか？」

公証人はひらりと笑った。

「ここはフランスですよ。法律と公式文書の国です。そのうえ、相手はどうやら裁判慣れのした、自分の利益には徹底的に執着するアメリカのビジネス・ウーマンらしい。もっとラディカルな方法をとらなければ……」

私は法律無知の自分の限界を知っていたので、すべて公証人に一任した。

晩春とはいえまだまだ寒く、夏でさえ夜寒には焚かれていたN夫人のだんろが驚いたことに、ぴたりと止んだ。

晴れた日も雨の日も、さながらうす曇りの空のように家中にたなびいていた鬱陶《うっとう》しい煙がはたと止んだ。

公証人って凄い。うん、方法はラディカル以外にはあり得ない、と私は胸を張って深呼吸をした。

時が経ち、次なる寄り合いに私は感謝の気持ちでいそいそと出向いた。引っ越してからはじめて参加する寄り合いである。早目に着いたら先客が一人いた。ドクターAである。

それからの十分ほど、ではなく一分だったのか……、私が茫然自失となるような信じられないことが、信じられなく下品で激烈な方法で私に襲いかかった。ドクターは極端に興奮していて、心臓発作でも起こすのじゃないかと心配になるほど顔を真っ赤にして叫んできた。

「あなたのばかげた無分別で、みんなが途方もない迷惑をこうむっている……」とこんな整然とした糾弾ではなく、フレーズの頭とお尻に目が眩むほどの connerie《コンヌリー》（「ばか」の最大級を意味する俗語）をちりばめて、どこかの惑星からおっこちて来た怪物でも眺めるように、あるいは手のほどこしようのない “idiot du village”《イディオ・デュ・ヴィラージュ》（フランス人が自分を茶化したりするときに使う言葉で、意味は「村一番の知恵足らず」とか「村の厄介者《やっかいもの》」）でも眺めるように私を睨《にら》み据《す》え、その怪物や知恵足らずにはなんの発言権も、生きる権利もないかのように怒りの砲弾を乱射してきた。

会議室には、まだ彼と私の二人しかおらず、この一方的な——相手に言わせれば私が加害者となるのだが——罵倒射撃の証人はいない。

それを残念に思った私は甘かった。三々五々集まってきた十四、五人のアパルトマンの住人は、まずその日の議長を選ぶ。そして、それが慣例になっているのだろう、当然のようにして選ばれた一人の男性が、開口一番、参会者をひとわたり見渡したあと、舌鋒鋭くピシリと言った。

「お集まりのみなさん。残念ながらこの中に近所迷惑も考えず、実に無謀な訴えを起こした人物が一人います。その人物のせいでわれわれはこの先計り知れない損害をこうむることになります。その人物が……」

私はお腹に力をこめた。

「その人物とは、私のことでしょうか？」

議長に選ばれたその男性を一応Bとしよう。Bは鷹のようにとがった眼で、射すくめるように私を睨み、声が一オクターブつりあがった。

「もちろんあなたですよ、あなた以外にこんなばかなことをする人間はここには一人もいません」

「私がいったい何をしたのです」

「……に訴えるなんて！」

B氏は激昂して顔面蒼白であった。A氏は赤鬼、B氏は青鬼のごときであった。けれど、私はこの時点で私の身に何が起こっているのかわからなかったし、最初のことばが聞きとれなかった。

「今、どこに訴えたとおっしゃいました？」

赤鬼ドクターがこのバカ、フランス語もちゃんとわかっちゃいないのか、といった具合に吐き捨てるように一語一語区切って、フランス語と英語で発言した言葉は、「衛生局」であった。

はあーん、と私は納得した。私などには思いもつかない、なるほどラディカルな解決策なのだろう。ドクターAのご高説に反して衛生局は、亀裂の入った煙突や、そこから漏れて遊泳する煙の反乱を危険と見なし、N夫人に問題のだんろの使用禁止を命じたのだろう。けだし当然の裁決じゃない？

しかし、青鬼の新参日本の女への罵詈雑言《ばりぞうごん》はますます鋭さを増し、聞くに耐えない単語を交えて延々とつづく。時間が経つにつれわかってきた彼の赤鬼との違いは、青鬼は赫々《かっかく》とはせず、冷酷で剛毅《ごうき》。共同体の利益を護るプレジデントとして衆目を浴び、糾弾のパフォーマンスをしている気味がある。自らが醸《かも》しだす恐怖のパワーに酔《よ》い痴《し》れている気味もある。その眼光鋭いカミソリのような横顔は、さながらナチス親衛隊の残忍非道な将校に似ている。

青鬼ナチスの声が、またひときわ高くなる。

「……管理事務所長、M氏に相談するとか、われわれ理事の一人に相談するという、手はずを無視し、いきなり衛生局に……」

私は二年間訴えつづけた事務所長のM氏を凝視した。彼は、私から見える横顔を片手で覆い、明らかに顔をそむけていた。理事の一人である赤鬼ドクターAは、憮然《ぶぜん》として飼犬であるブルドッグと瓜ふたつの表情をしていた。

（ふたりとも恥を知れッ）

前代未聞のこの糾弾パフォーマンスを検分する他の参列者のほとんどが、問題の核心が摑めず、どう見てもヒステリックに異常な、青鬼議長の新参者弾劾パフォーマンスに戸惑い、思いっきり気まずい空気が流れている。この時点で、私にとってはまるっきり納得のいかない弾劾に、巨大なラムネ玉のようなものを胸につかえさせながら、そして、テープレコーダーをバッグの中に忍ばせてこなかったことを悔いながら、せめてヴィジュアルな印象だけはしっかりと頭に刻みこもうと思った。

見渡す参会者はみんな中高年、若い人は一人もいなかった。

サン・ルイ島がパリ発祥の地としてもてはやされ、最高級の住宅地として高値を呼ぶずっと以前から、この地に生まれ、育ち、この島を愛し、ルイジアン（サン・ルイ島人）としての誇りを持っているみんなは堅実で、たぶんかなり保守的な人たちなのだろうと思った。

その中に一人、ほどよいミニ・スカートの足を高く組んで、あたりを払うような侵しがたい風情で端然と坐《すわ》っている女性がいた。少しえらの張った四角い顔に権高《けんだか》なまなざし、そばかすの浮かぶ顔に上品に掃いた薄化粧、彼女だけが冷静で、すべてを把握している含みのある顔をしていた……。こうして私は、二年もの長きにわたり、ヒトの迷惑をモノともせず、冬の早朝から深夜まで故障だんろに豪勢な火を焚きつづけ、私を煙攻めにした張本人を、はじめて垣間見たのだった。

三人目の同い年を登場させるのにひどい道草を喰ってしまったけれど、人の出遭いとはこんなものである。

N夫人との微妙にはじまり、おかしみにつづいてゆく交友は、漏煙事件をきっかけに、その後につづいた水漏れ、もっと不届きな、ある住人の構造壁を大胆にも仕切り壁と偽ってサンディックの許可を得、不当に除去したことによるわが家の床陥没や、風呂場のタイルのひび割れ、N夫人家が蒙《こうむ》ったさまざまな被害などで、ますます佳境に入るわけだが、まず、煙事件をまとめるとこんなことなのだった。

セーヌ河に囲まれたサン・ルイ島の真ン中に横たわるサン・ルイ島通りは、そこだけぽっとタイムスリップしたように古めかしくて静か。暮色に包まれるとガス灯のように煙る街灯はやわらかいオレンジ色で、若いカップルや、共白髪《ともしらが》の老夫婦が手を取り合って散歩をする、私のような独り者には羨ましい光景が拡がるのだ。

寄り合いから十日ほど経ったある夕べ、私を叩きのめしたムッシューB、私名づけるところの青鬼ナチスが、ロマンティックなこのサン・ルイ島通りを、およそロマンティックでない面持ちで一人カツカツと歩いていた。

今だッ。私は三十メートルほどをダッシュしてB氏の前へ廻りこみ行手を塞《ふさ》いだ。

「ムッシュー」

B氏は驚いたようだった。

「突然お呼びとめして失礼とは思いますが、お時間がおありなら説明していただきたいのです」

B氏はきっとなって身構えた。

「先日、あなたが私を、犯罪者を血祭りにあげるように罵倒《ばとう》なさった原因はなんなのですか？」

「訴えるべき相手を間違えたことですよ。あなたはN夫人を訴えるべきだったし、その前にサンディックのM氏に相談するべきだった」

「しましたよ。何度も足を運び、何度も電話しました。その都度、親切な秘書が出てきて丁重に話を聞いてくれ、対処しますと言ってくれて二年。最初は煙突掃除を一度増やす、なんぞと人を喰った気安めです。M氏に関しては居留守ばかりでのらりくらり」

「いきなり行ったり、電話なんかじゃ相手は迷惑です。内容を明記して書留速達を出すのがこの国のしきたりです」

はーん、ここはフランス、法律と公式文書の国です、と言った公証人の言葉を憶い出した。

「フランスでは、ガス漏れ、水漏れ、火事の場合でも、内容証明つきの書留速達を出さないと助けに来てくれないんですか？」

私もムキになった。どうせなら華々しく喧嘩してあんなアパルトマン叩き売ろうと思った。

B氏の額に稲妻のような青筋が走った。

「そんなこと言ってませんッ」

道行く人たちが私たち二人を眺め出した。

「衛生局に訴えるという最悪な方法をあなたはとったんですぞ」

「最良にしてラディカルな方法じゃないですか。現に、N夫人は故障だんろの使用をやめたんです」

B氏はこの女救い難い莫迦《ばか》なんだ、と納得したように憫笑《びんしょう》を浮かべた。

「N夫人がそんなことで引きさがると思いますか？　彼女は衛生局からの命令は守る、しかし、破損煙突を新しいのに取りかえろ、と、われわれ全住人に要求する権利がこれでできたんですぞ」

それでもまだ私は、それが何ほどのことよ、と思っていた。

テクノロジーを誇る日本国人として、こわれた煙突を屋根の上の換気孔から吊り上げ、新しい煙突を吊り下げて入れ替えるなんて、朝飯前のことに思えていた。

あさはかなことであった。

数日後、桜の散った中庭に、N夫人がスポーツウェアーの上下を着て、ところどころにある花壇に何かの球根を植えていた。私の姿を認めると「ハァーイ」と声をかけて寄ってきた。

「この間のサンディックではあなたさんざんだったわね」

(よく言うわね。誰のせいよ)

「みんな衛生局のことでカンカンに怒ってたけど、私は怒ってないのよ」

(当たり前でしょ)

「私はむしろ感謝しているの」

(ヒッ)

キツネとタヌキの化かし合いというけど、彼女も私もどちらかと言えばキツネ顔である。決着をつけるべきときだな、と私が思い、その思いをすみやかに察知した夫人は、土いじりの手袋をはずして私を誘った。

「ウチでアペリティーフでも飲みません？」

「それなら是非、私のウチで。あなたの煙が描いたシュールな壁絵をお眼にかけるわ」

そのシュールな壁絵を検分なさったあと、夫人はウイスキーのグラスを、手入れのゆき届いたマニュキュアの指でくるくると廻した。氷がリリリと涼しい音を立てて鳴いた。

「マダム、あなたのとった処置は、非の打ちどころのないほど完璧よ。煙漏れを止めるにはあれしか方法はなかったのよ」

「もっと簡単な方法は、マダム、あなたが故障だんろを自発的に封鎖なさることじゃなかったのかしら」

N夫人は壁の前を、ロンドンはオールドヴィク・シェークスピア劇場の舞台を物思わし気な面持ちで上手から下手へ、下手から上手へと大股に徘徊する大女優でもあるかのように移動しながら、頭《こうべ》をあげて、きれいにセットされた栗毛色のショートヘアーをちらちらと振った。そしてにっこりと笑った。

「あのだんろのある部屋は、食後に音楽を聴くプチ・サロンなの。だんろが大切な主役なのよ」

結構なご身分ですこと！　私は悟った。

彼女が法律を味方につけ、絶対に修復工事を要求するだろうということ。そして、破損煙突を取り除くには、屋根から吊り上げるなんてことは夢のまた夢であることも遠からずして知るはめになった。

だんろが酷寒をしのぐ唯一の手段だった古い石造りの建物が多いフランスには、当然煙突の専門家がいて彼らをFumiste《フュミスト》と呼ぶ。

Fumée《フュメ》とは煙のことである。衛生局から差し向けられたのか、あわてふためいたサンディックからか、ある日、パリ随一の達人といわれるフュミストの一団が現われ、わがアパルトマンは、壁際やコンセントの穴から眼にも彩やかな真紅のスモークが溢れ出し、しばらくするとスモークは青やみどりに色を変え、七色の霞《かすみ》たなびくファンタジア映画のセットのような様相を呈してきた。

これで漏煙問題が私のでっち上げでないことが証明されたわけ。まことに、書類と公文書と実験検証の国である。つまり、人を信じないことがほんねの、一神教はキリスト教の国である。

それにしても、N夫人の音楽室のだんろから焚き出された赤やみどりや紫のスモークが床から天井に向けて昇り、さまざまに姿をかえてゆらゆら揺れ動くこの夢のような光景を誰ひとりとして見物には来なかった。

むべなるかな、ここはまた、自分主義の国、なんたる好奇心と責任感の欠如!

「マダム」

フュミストのボスが言った。

「数日中に Sondage《ソンダージュ》 のスタッフ二名を来させます」

「ソンダージュ?」

「煙の侵入路を捜すため、ですよ」

その日私の予想に反して、近代的な器材を一つも持たず、大きな道具箱を持ちこんだ二人を怪訝に思いながらも、私は自室にひっこんでいた。ドボーンという鈍器が胸を打つような音につづいて、電気ドリルで頭が割れそうな鋭い音に、私は飛び出していった。

あろうことか、リヴィングと私の寝室を隔てている横幅約二メートル、厚さ一メートルのいわばわが家のド真ン中の壁、煤《すす》けた煙模様がついてはいても、日本でいえば、家を支える巨大な大黒柱に十五センチ四方ぐらいの穴をあけているのである。

「何をするの、なんてことをしたのッ」

びっくり仰天、腰は抜かさず、怒りがほとばしった。

「ソンダージュの予告はしましたよ」

見れば、白壁にクレイヨンで、これから開けるはずの穴のため、上から下へ九つの丸じるしがつけてある。開けた穴から手を入れて、亀裂の状況をさぐるというのである。

「なんてばかげて、なんて野蛮で、なんて原始的なの」

私は生まれてはじめて見ず知らずの他人に「Quelle《ケル》・connerie《コンヌリー》（なんたるばかさ加減）」と怒鳴り、憤りを抑えるのに胃痙攣が起きるかと思うほどのエネルギーを使った。

「とにかくボスを呼んでちょうだい。なにが亀裂の状況よ、これでN夫人の煙突の状況は完全破壊、わが家の壁も台無し。ソンダージュとは毀《こわ》さないで、破損状況を捜すための方便でしょう。このテクノロジーの時代に屋根からキャメラを入れて調べることぐらいできないんですか、お宅のボスは胃キャメラ飲んだこともないのッ？」

私の剣幕におそれをなした二人組は、あたふたと帰り支度をはじめた。

「ちょっと！」

「えッ」

「この穴をどうするつもり」

二人は顔を見合わせた。

「私たちは、穴を開けて調査する役目で……」

「穴をふさいでもらうには、また内容証明つきの書留速達を書けとでも言うの?」

きょとんとした二人は、それでも毀した十五センチ四方の壁くずを繋ぎ合わせて、二ミリほどの吹けば飛ぶよな急拵《きゅうごしら》えの穴ふさぎ処置をして逃げるように帰って行った。

つまるところ、私やN夫人の住むC棟では、何十年か前には、私の階は屋根であったという。その屋根の上に三階分の増築をした。

その際、場所かせぎをするためか、十七世紀に作られた巨大な煙突を少し細くしたらしい。とにかく何かの設計ミスがあったのだ。

その無理がたたって、ちょうど私が改装工事を終えたとき、いや私が思うには、その四、五年前から煙は反乱を起こしはじめたのだろう。

紆余あり曲折あり、現在の破損煙突には手をつけず、少し細目の新煙突を旧煙突の中に屋根から下ろしてN夫人の要請に応えるという結論が出たのはそれから何年経っていたろうか。

その間N夫人や私も含めるサンディックは建増工事をした会社に裁判を起こして勝訴し、

世界の情勢もめまぐるしく動きだした。

煙にむせていた女の花盛り、四十代後半だった私はすでに五十代の坂を登りはじめていた。N夫人もしかりである。

やっと落着した難問題の解決にほっとして息をついたとき、あろうことか、N夫人は新煙突挿入工事に「ノン」と言った。

新煙突では、火を焚くだんろの間口が小さくなるというのである。彼女の要求は、法律が明記するごとく、完璧に原型のままの復元である。信じ難く強引な我儘《わがまま》！

それを実現するためには、この旧煙突を毀すこと。といっても煙突は壁の中に入っているのだから、その故障箇所であるわが家のド真ン中の壁と、上階につづくわが娘のアパルトマンの壁も毀すことになる。

ということは、私のリヴィングと寝室、娘の寝室、大理石張りの風呂場、つまりはわが家のすべての工事をやり直す、ということになる。場合によってはドクターA家も、最上階も同じ運命となるのだった。

「そんな！　こんなに立派なだんろが各部屋にあるのに、一つの故障だんろぐらいあきらめられないの？」

その頃はお互いをファーストネームで呼び合い、かなり親しくなっていたN夫人に私は喰い下がった。

「なぜあきらめるの？　私のいちばんお気に入りのだんろなのよ」

「そのためにC棟の真ン中を支えてる壁を五階分毀して、住人すべてが工事に巻きこまれても？　みんなの憎しみを一身に背負っても？」

彼女は涼し気に笑った。

「憎しみ？　平っちゃらよ。誰にどう思われようと、私にとって大事なのは、平穏で快適な私自身の生活なの」

私は呻《うめ》いてしまった。世界の大帝国〝アメリカ〟の破片がここにいる……。

「自分の利益は自分で守るしかないのよ。特にあなたや私のように、外国人で独身の女が、ほかの住人に比べれば大きな家に住んでいるなんて、彼らにとっては眼障りに決まってるわ。ギャラントリー（女性に対して粋で親切にふるまうフランス男性の心づかい）なんてとんでもない。フランスは男社会よ、私たちは弱い女の一人暮らしなのよ」

私は噴き出してしまった。

「あなたは、充分強いわよ」

彼女と私の利害は相反するものなのに、私は彼女を嫌いにはなれなかった。

自分の利益にこだわるあまり、その重大さを被害者である私にまで共有させようという虫のいいエゴイズムに辟易《へきえき》しながらも、それならそれで……と私にもいびつな闘志が湧いてきた。

大きな難事や、御《ぎょ》し難《がた》い人物と敵対しなければならなくなったとき、日本では「敵の懐に飛びこめ」と言ったりする。東洋的な和の精神だろう。

フランスでは「敵を自分のポケットに収めろ」という。まるめこんで自分の味方につけろ、というほどの意味で、冷静にして老獪《ろうかい》、多少戦闘的な匂いがしなくもないヨーロッパ的思想である。

私は和洋折衷でいくことにした。

お互いにもともと惹《ひ》き合《あ》うものがあったにちがいなく、私たちは食事を共にし、映画を観《み》に行き、私は故障だんろや、その他、彼女の利益に損傷を与えるサンディックの不手際などを詰《なじ》るとき以外のN夫人が、実に明るく頭がよく魅力的な女性であることに気づいていった。

煙事件にはじまって、その後もつづいた水漏れ。壁やタイルのひび割れ。床陥没騒動などのうっとうしい受難物語を通じて、一つの幸運は、N夫人がだんろ復元をその後口にしなくなったことである。

私がサン・ルイ島へ越してから実に十七年もの歳月が流れている……。

和魂洋才（？）に勝目あり……とうっすらとした安堵にひたり、日本で母闘病の看護人として胸痛む日々を送っていたある日、パリの娘から電話が入った。

「ママン！　日曜日の朝寝こみを襲われたのよ。朝といってもお昼頃だったかも知れないけど、私にしては寝こみよ」

「いったい、誰に？」

「私もママンも大好きなN夫人よ。普段のエレガントな快活さなんて嘘っぱち。サンディックの建築家と、管理人と消防夫までひき連れて、だだだッとなだれこんできて、私の台所を家具までどけて調べるのよ。誰のウチだと思ってるの！」

「理由は何？」

「私の台所からの水漏れというのよ、たしかに小さいほうのシンクが昨日から水はけが悪かったけど、外は豪雨で私の寝室へ屋根からの雨漏りがあったの、だいいち位置から言って私の台所の真下はN家ではないのよ！」

古い建物の水廻りはややこしい。私はさっそく帰路の切符を買った。

でも……なぜ消防夫まで？　漏煙事件では顔も出さなかったサンディックの建築家まで？　しかも日曜日の朝に？　やっぱりアメリカは強いのか、それとも法律に通じ、ビジネス・ウーマンである彼女は、内容証明つきのFAXでも休日の朝、関係各所に発信したのか……。

受信者は週末、絶対に部署にはいない。

「ああ、いい加減にしてよ！」と思わず声に出る。

そばかすを浮かべ、えらの張った四角い顔が、水割りウイスキーの氷をリリリと鳴らして笑っている。

「たいした水漏れじゃないのよ、ただ私は、あなたも知ってのとおり、わが家の安泰と快適な私自身の生活が少しでも乱されたときには、あらゆる手段を使って処置するのよ」

少しハスキーなN夫人の声が聞こえるようだった。

「やめてよ」

私が再びつぶやいたとき、眼の前にいたのは、朱肉色の口紅を塗った日本の上品婦人だった。

「ゴメンナサイ、ご迷惑ね。もう一度だけカメラを見てくださる?」

気がつけば、私は上品婦人一家との記念撮影のさなかにいた。

両隣りの若いカップルは迷惑であろうに、荷物をどけ、席をあけ、シャッターまで切ってくれている。

日本って、日本人って、やっぱりいいな、と胸が湿ってくる。そのあたたかい湿り気の中に無神経な声がはばかりなく、無神経なことばを繰り返す。

「でも、ほんとにお若いわあ。同い年だなんて到底思えないわあ。ねえ、何か秘訣がおありでしょ?」

私は朱肉色の唇をしげしげと眺めてずけりと言った。

「はったりなの」

「はあ？」

「女ははったり」

外界からなんの刺激も受けず、自分も与えず、ただ安逸《あんいつ》に夫や大勢の子や孫に囲まれて、でれりと幸せに暮らしていれば、皺《しわ》も増えるし年も取るわヨ。

私は突然、近隣の迷惑を歯牙《しが》にもかけず、ひたすらエゴイズムを貫くN夫人の傲岸《ごうがん》なシルエットに、ある鮮烈な清々《すがすが》しさを感じた。

そして、緊張感や羞恥心とは無縁に思える母国の同年婦人に手を振って席を立った。

三年前、追突されてキリキリ痛むムチ打ちの首と背中をしゃんと立て、はったりだけで歩いた。

「いつまでもお元気でねえ―」と甘い声が追ってくる。次の瞬間には過去となり忘れ去るであろうこの女性にも、私は限りないなつかしみさえ憶え、くるりと振り向いてピカピカと笑った。

遊覧船

「母が死んだの」とメラニーが言った。

私はノートいっぱいに書きつらねたメモから眼をあげた。彼女は長年の友人でありインテリア・デザイナーである。難航しているアパルトマン修復工事の責任を彼女なりにとってもらおうと思って夕食に誘ったのだった。メモは修復工事の結果、さらに修復しなければならない羽目になった工事人の不手際を箇条書きにしたものだった。

ある信じられない事件で、わが家の三分の二が壁の亀裂や床の陥没で大工事をしなければならない羽目になり、五年間もの裁判を経てやっとさまざまな手はずが整ったとき、メラニーは建築家としての免許を持っていないので、不都合が生じた場合を心配して仕事仲間の建築家を推薦してきた。

五年前、一部内装の改良工事をしたときは彼女が一人で総指揮をとってくれ、すべて思いどおりにいったのに……。

メラニーの背後が明るみ、河沿いの並木も下から受ける照明で人工的な華美をまとった。その華美は西から東へ移動してゆく。遊覧船が通ってゆくのだ。

ひとときの観光に沸く満員の乗客が携えているだろう人生のさまざまを重ねて、私はある冬の朝、わが家に起こった椿事をなぞってみる。

骨に響くような突然の轟音と共に、私はベッドの中でもんどり打ってひっくり返った。

地震？　爆弾テロ？　ではない。寝室の床が何か巨大な物体で突きあげられているのだ。私のアパルトマンの東側階下にはドクターが、西側階下には高齢の女性が住んでいたが、その女性が六十平米ほどのアパルトマンを不動産業者に売り渡したという噂は聞いていた。駆け降りてみたその部屋は惨憺《さんたん》たるものだった。天井が高すぎて暖房が利かないためなのだろう、セメントか何かを詰めて一メートルほど低くしてあった作り天井を四、五人の男たちが、鉄塊のような物を放り投げて突き崩しているのだった。まるで大地震のあとの瓦礫《がれき》を取《と》り毀《こわ》すような乱暴な作業である。

男たちの誰ひとりとしてフランス語を解さない。メモを残したが、雇主はいっこうに現われず、その間、私の寝室の壁に亀裂が入りはじめた。

そんな状況のさなか私は、あとから思えば嵐の前の静けさのように、インフレを除いては凄まじい内戦など想像もできないようなユーゴスラヴィアの首都ベオグラードに一時間半の生中継リポートのために出発する羽目になった。

漏煙問題で私を悩ませた階下のN夫人が、今回は同じ被害者として力強い援軍になってくれるはずだった。

東欧のドミノ式民主化が起こる寸前のベオグラードには亡きチトーを国父として懐しむ傾向はまだ残っていたものの、ニュー・リーダー候補としてのミロシェヴィッチのポスターが街のそこここで見受けられた。

それから約十年後、コソボ問題で国連軍の容赦ない空爆を受けることになるベオグラードの丘の上、少し肌にしみる風がわたるテラスで、この町最後のキャフェを飲んで戻ったパリのわが家の有様に私は息を呑んだ。ブルーを基調にしたレトロ風の、すばらしくロマンティックな風呂場の、窓を除いた壁三面のタイルにビリビリと裂け目が入り、シャワー室の床にまで斜めの亀裂が入っている。N夫人の訴えで野蛮な工事は中断したものの、何十年もの間セメントの中で眠っていた建物全体を支える巨大な梁《はり》が二本、ちょうど私の風呂場と娘のダイニング・キッチンの真下で疵《きず》だらけの姿を晒《さら》し今しも折れなんという危険な状態を露呈していた。その破損箇所を支える仮のつっかえ柱も不在だった。

「N夫人の強硬な訴えで工事はお手あげですよ。ずいぶん意地悪な人ですね」

と図々しくも私の同情を買いにきた不動産業者は、私の風呂場や娘の壁の亀裂を見て、一瞬ぎょっとしたようだったが咄嗟《とっさ》の口上は、さすがその道で悪を正直《まとも》にこなしている裏街道を往く達人だった。

「不幸中の幸いでしたねぇ、私が工事をしなかったら梁はセメントの中で腐食して、お宅だけじゃなくこの建物はある日ドーンと崩壊したかも知れませんねぇ」

「腐食はしていませんでしたよ。あなたの乱暴な工事で梁は疵だらけになったんですよ」

と私は主張したがこれは水かけ論である。不動産屋は揉《も》み手《で》をしながら媚《こび》をたたえた眼を細めた。

「ご安心ください。お宅にかけたダメージは私の保険会社がすべて償います。狂ってしまったお宅の防犯ベルもすべて新しくいたします」

これらは何ひとつとして守られなかったが、そのときの私はまだ法や裁判の公正を信じていた。

男は急に口調をかえて、ひびだらけの娘のダイニング・キッチンを見廻し驚くべきことを言った。

「修復工事のついでに、マダム、この北側の壁を抜いて小さなテラスを作りませんか？　夏の暑いとき、日蔭のテラスでバーベキューなんて快適ですよ」

「快適なテラス？　ご冗談でしょう。この北側の窓からは、ご覧のとおり、ロザンヌ館の鉄格子のはまった古めかしくて陰気な裏壁しか見えないのよ。しかも三メートルの近くにですよ。陽が差さない、わが家でいちばん眺めの悪い場所になんのメリットがあってテラスを作るんです。しかも建物を支えているこの外壁を抜いて！　完全な建築法違反ですよ」

「そのことはお任せください。私はその道のプロですから。あの汚い鉄格子には蔦《つた》の葉《は》でもからませれば、ロメオとジュリエットそこのけのロマンティックな背景となりますよ」

美声といえなくもないバリトンを利かせて、たぶん本人は、女なら誰しも靡《なび》く男前、と思っているらしい自信たっぷりな様子で、歯みがきの広告のように真っ白な歯をむき出しにしてにっと笑った。

「はっきり答えていただきましょうか。私に建物がくずれ落ちるような危険を冒させてテラスを作らせようとするあなたのメリット、つまり魂胆はなんなのですか?」

食えない女、というように白い歯を引っこめて、男はこんどは陳情風な口調になった。

「あなたには外壁でも、私の買った物件ではこの厚い構造壁の向うに古い汚い台所があるんですよ。今見えている屋根がその場所です」

その屋根は、娘のダイニング・キッチンの床からはかなり低い位置からさらに傾斜してうらぶれた姿を呈している。

男はそこに超豪華なバスルームを作りたい。丸い大きなジャグジー・バスを入れ、できればその上にメザニンと呼ばれる中二階を作りたいとのことだった。ところが現存する彼の台所の高さでは丈が足りない。

私がテラスを作ればこっそりと屋根を毀《こわ》し、テラスまでの高さを利用して、手摺《てす》りつき半円形のメザニンができるというのだ。なんのことはない違反行為の片棒をかつがせようと私を籠絡《ろうらく》するためにやってきたのだった。

私はあきれて笑いだしてしまった。

「まるでアルハンブラ宮殿の中庭の池ね」

「えッ?」

男には私の皮肉は通じないようだった。南スペインにアラブ・イスラム大帝国が進出してきた遠い昔、グラナダにアルハンブラ宮殿を建てた。中庭に小さな池を作り、その周りを囲むようにして二階の外廊下がある。そこに女たちを並ばせてすけすけの手摺りの間から水に映る女たちを品定めするのに、男たちは横着にも池のまわりに寝そべって愉しんだというはなしである。

私を陥落できなかった男は、知らぬ間に建物全体の管理をしているサンディックを陥落させた。メザニンをあきらめ、ベッドルームとバスルームの間に大きなガラス張りの窓を作るという摩訶不思議な設計であるらしい。

「パリ発祥の地を誇るこの小さな島に、お女郎屋《ジョロヤ》さんでも作るのかヨ」

と啖呵《たんか》のひとつもきりたくなったが、趣味は個人が所有する文明文化の発露である。私がかかずらわることではない。

けれど、このピトレスクな設計を実施するためには壁を取り毀さなければならない。こうして男は、建物を支える構造壁を、ただの「仕切り壁」と偽って除去申請を出し、いともかんたんにサンディックの許可を得てしまったのである。

さすがはその道の悪達者、コトがばれても構造壁除去は違法ではないそうである。細心の注意と、綿密な計画、高度の技術をもってすれば可能なのだそうだ。ところがそのいずれをも持たない業者を雇ったにちがいなく、コトはばれにばれてしまったのだ。

三百年以上もの間建物を支えていた横幅二メートル、高さ四メートル近くもある分厚い壁を取り除くなんていうことはドダイ無理なはなしなのだ。法律がどうあれサンディック所属の建築家が「除去申請」を綿密に調べていれば、許可は出せなかったはずである。

結果、取り除かれた壁の真上にある娘のダイニング・キッチンは床が二センチ陥没し、壁という壁に亀裂が入り、最大の被害は男がテラスを作っては？　と言った外壁の四階から五階にかけて二メートル近い裂け目ができたことである。

男が除去業者に訴訟を起こしている間に、亀裂から滲みこむ雨で、四階、五階と吹き抜けになっている娘のアパルトマンは壊滅的なダメージを受けた。

この惨状を見にきたN夫人は呆然と立ち尽くして繰り返した。

「アンビリーバブル！　アンクロワィヤーブル！　アンパルドナーブル！（許せない！）」

いつも背筋をしゃんと伸ばしてエレガントなN夫人がひどく疲れているように見えた。

「天井から降ってくる工事の埃《ほこり》と、音でノイローゼ気味なのよ」

と彼女は言った。

誰にどう思われようが憎まれようが、私にとって大事なのは平穏で快適な私自身の生活なの、と豪語していた彼女も悪がしこい無法者相手に手こずっているのだった。

「もう二ヵ月もつづいているのよ。信じられる？　天井から汚物が降ってくるのよ」

（信じられる？　床や壁のコンセントから煙が湧いてくるのよ。二ヵ月ではなくてまる二年間もよ）と私は言いたかったが、ふだん勝気な彼女の憔悴ぶりを見て黙った。煙事件と亀裂問題で私が受けた打撃と精神的ダメージはN夫人の比ではなかったのだが……。

長すぎた裁判の判決を聞いて私はさらなる衝撃を受けた。

天井から降る塵芥《じんかい》によるN夫人の精神的被害は夫人の要求賠償額が全面的に認められたのに、私のアパルトマンに関してその修復費の負担の大半を命じられたのは、割りふり式の住人全員であった。この不当極まる判決を耐えるのに私の神経は古いレースのようにボロボロにすり切れた。

漏煙事件からかなり時間が経っている。私を罵倒《ばとう》したドクターも、私が青鬼ナチスと呼んだB氏も、今回は、一部が文化財指定にさえなっている建物を投機の標的として狼藉《ろうぜき》を働いた男を嫌い、私の力にさえなってくれていたのに……。

不動産業者は、私の防犯ベルはおろか、共有物である外壁の亀裂のみの責任を問われただけだった。

建物売買をなりわいとしているその道の強者《つわもの》にとって、こうした裁判は日常茶飯事であるにちがいなく、その不都合をカバーする弁護士も善悪を度外視できる名うての腕利きであることだろう。私側の弁護士が腰抜けだったとは思えない。

ただ、関係者およそ二十名がわが家に集まって総勢で現場検証をする決定的な日、その主役である公認の調査員と不動産業者の弁護士だけがそろって二十分以上も遅刻してきた。目撃者によれば、定刻に来た調査員を、門で待ち受けていたその弁護士が階下へ誘導したとのこと。全員を待たせて何事かをことば巧みに訴えていたらしい。現場を見ないとわかりませんが、すべて補償されます。

「マダム、あなたは法的に言って百パーセント守られています。すべて補償されます」

と言っていた公正であるにちがいない調査員の顔に、私に対する疑惑に近い硬さが浮かんでいるのが不可解だった。

遅刻の弁解はなかった。調査員を先頭にダメージの痕跡《こんせき》を見廻る人々は、口々に、

「オーララァ」

「こりゃひどいもんだ」

と繰り返し頭をかかえこんだりした。

「ところで」

と調査員は件《くだん》の弁護士をふり返って言った。

「私の専門は建物で、防犯ベルに関しては知識がうすく、幸いこちらの弁護士がその方面の専門家なので検証をお願いします」

その時点で、まことに残念なことに、私も並いる関係者の大半も、その人物が不動産業者の弁護士であることを知らなかった。

調査員と共に来たからには国家指定の防犯装置関係専門家と思いこんでいた。

不動産業者は、何喰わぬ顔でその人物をはじめて見るような顔で、神妙にご意見を拝聴するという容子《ようす》を作っていた。

装置施工工事の領収書を見せろ、取りはずしたという装置の現物を見せろ、とさながら私が犯罪人であるかのような扱いに一同怪訝《けげん》な面持ちをしていたが、面持ちというものはなんの証拠にもならない。

領収書や、工事を受け持ったテクニシャンの証明書や住所氏名はすべて揃えてあったが、階下で工事の轟音が壁や窓を顫《ふる》わせるたびに、耳をつんざくようなベルを鳴らす狂ってしまった現物は取りはずし、裁判を待つ間、玄関の扉だけに反応する小さな仮装置をつけておいた。

ほとんど新品ではあったが狂ってしまった大がかりな現物である機具を、いつまでも玄関先に放置しておくのが厭《いや》で、私の弁護士の同意を得て棄ててしまったのだ。そして不動産業者はそれを知っていた。責任をとってもらうべく私自身が彼に報告したのだった。

口々に「たいへんな災難でしたね」と慰めのことばをかけて帰ってゆく人々の中の、ひょろりと背の高い尋問者に私は声をかけた。

「ムッシュー。あなたはどの機関を代表なさっているのですか？　調査員の同僚でいらっしゃるんですか？　それともサンディックの弁護士ですか？」

ふり向いた人物の顔に表情というものはなかった。悪びれたふうもなかった。

「私の依頼人はあなたやN夫人が訴訟を起こしているムッシューC（不動産業者の仮名）ですよ」

唖然として棒立ちになった私に、うすい笑いを浮かべて、

「Bonne journée《ボンヌ・ジュルネ》（よい午後を）」

と言ってエレベーターに消えていった。

こうして私は調査員の眼に、安物の防犯装置を、円にして百五十万をゆうに超える本格的な装置に替えるべく、ドサクサにまぎれて訴え出た不正直な女に映ったのだった。

憶い出すと蕁麻疹《じんましん》が起こる。この奸計《かんけい》の勝利に、いつまでも打ちのめされてはいられない。私はたぎる憤《いきどお》りを呑んで隣人たちからの、彼らにしてみれば納得のいかないだろう賠償金（結局私の支払った額はその三倍半だったが）を受け取り、幕を閉じた。

メラニーの紹介してくれた建築家は、立派な肩書きを持ち、人柄も誠実そうに見えた。工事のはじめ日本に立ち退いている私との連絡はメラニーがとってくれることになり、私のアパルトマンを貴重な陶器でも扱うように修復してくれるはずであった。

音や埃《ほこり》の立つひび割れた壁を毀したりする荒工事が終わり、内装に入るところで私が帰ってくる約束になっていた。しかれども、である。

帰り着いたアパルトマンは内装に入るどころか、国際電話やファックスで指定したさまざまなことが守られていず、修復の最大の目的であった風呂場のひび割れたタイルや亀裂は選んだ新しいもので張り替えられてはいたもののバスタブの位置も、寸法も違っていて、結局は、またそれらを毀してやり直し、という最悪の事態になった。パリで工事をするということはこんなにもたいへんなものか、と暗澹《あんたん》たる気持ちになっても当然だろう。

そんなとき、現場監督のイラン人が父親が危篤だと国へ三週間の予定で帰り、建築家は、半年前からの計画だからと、すまなそうに言い訳をしながらも女友達と二人でモーリシャス島へ、これも三週間ものヴァカンスに翌日から発つという。

現場監督がいなくなった一週間前から工事はすでに混乱状態に陥っていた。ペルシャ語やポーランド語が飛び交い、新しいバスタブが入るまでに十日間もかかり、その周りに張るタイルが不足して、注文後ひと月待たなければならないという。

「なぜ今頃タイルを注文するの！　私が帰って来た日、つまりもう二週間以上も前からバスタブを替えるのはわかっていたのに、なぜそのときタイルのことも考えなかったの！」

「マダム、怒るのわかるけど、監督のアリがいないとおれたち何もわからない」

人のいいポーランド人のタイル職人が、ひどいフランス語で肩をすくめる。

「マダム、マダーームッ」

とフランス語は、マダムとボンジュールしか言えないもう一人のポーランド人が叫ぶ。

壁につけた半円形のランプが灯った。やっと一つ目的が達成した。ほっとする間もなく、二メートルはある巨軀を切なそうに折り曲げて、電気職人が何かをわめく。

「ランプ灯ったけど、どこで消すのかと言ってます」

フランス語を話すタイル職人が通訳してくれる。

「どこで消しますって、この人電気屋さんでしょう、スイッチに決まっているじゃない」

「そのスイッチがないです。マダム小さいから、いちいち踏み台に乗って電球を廻して、つけたり消したりする」

「ウッソ。冗談でしょ？」

「冗談ではない。電球を消すときはとても熱いから厚いタオルか何かで手を包まないと火傷する」

「スイッチがないのになぜ壁ランプなんか付けるの、じゃなくて、ランプを取り付ける前になぜスイッチのことを考えなかったの」

私は自分が支離滅裂になってゆくのを感じた。

「マダムが悪いよ。このランプは点滅スイッチがランプそのものに付いているのを買うべきだったよ」とタイル屋がいう。

「でも、この二個のランプは現場監督のアリと一緒に買いに行ったのよ。そのときスイッチは取り付けてあると彼が言ったわ。これがそうよ」

暗然とした私は風呂場の入口に三つもあるスイッチを全部押してみた。ランプは煌々《こうこう》と灯ったまま、風呂場にゴォーという音がして換気機が動きだした。

「何よこれ」

私は埃だらけの床にへたりこんだ。二メートルの巨漢も長い脚を不自由そうに畳みこんで私の前に同じように坐りこんだ。

「わたし、あなたの工事してない。今日はじめて来た。電気の配線はほかの者がやった」

彼は思いっきり下手《へた》くそな英語で言った。

「その、ほかの者はどこにいるの？　どうして彼がつづきをやらないの？」

巨漢は坐ったまま背中をのけぞらしてお腹を両手でふくらませてみせる。

「ほかの者の妻はお産をする。ほかの者は国へ帰った」

「国はどこ？」

「国はない」

「ふざけないでよ」

「ふざけてない。イラクの国境近くのトルコ側の村に妻がいる」

「じゃあクルディスタン？　クルド人なの？」

「サダム・フセインに殺される前に国境を越えた」

私は怒りが急に萎《な》えて、ごちゃごちゃと複雑な思いが怒りにすり替わり気分が散漫としてくるのを感じる。そうなる自分のやわさに苛立《いらだ》ちもした。

結局は、こうした移民労働者を使う側に問題があるのだ。ろくな訓練も受けず、セミ・プロ並みの腕前しかない移民に責任ある仕事を与える雇主が悪いのだ。わが家の職人さんたちは、それでもみんな一所懸命で人がよい。不動産業者が雇ったせいぜいビル解体人が身のほど、という乱暴者たちとは雲泥の差ではあった。

ヨーロッパの富める国のどこもそうであるように、今の若者がやりたがらない労働のほとんどすべては他民族である恵まれない国からやって来る出稼ぎ人でまかなわれている。

私が依頼した建築家は、フランスの貴族の中でも名門の末裔であり、会社としても立派で、事務系統や秘書は全員がフランス人だが、実際に工事現場に出向く職人の中にはフランス人が一人もいない。それでもいいのだ。建築家と現場監督がしっかりと抜け目なくプログラムを作り、細部にわたる指示を毎朝仕事にかかる前に出していれば問題はない。そもそも肝心要の監督が何も言い残さずイランへ飛んで帰り、そのすぐあと建築家がバトンタッチもせずヴァカンスに発ってしまうという無責任さに、散漫としていた私の移民への同情が、火に油を注いだようにまた怒りへと逆戻りをした。

「あの建築家はいったいどういうつもりなの、私が女の一人暮らしだからタカをくっているの、それとも、もともと責任感の持ち合わせがない人なの？」

開口一番言うつもりが、メラニーの告げる母親の死で遮断されてしまった。

メラニーには工事進行不首尾の言い訳じみた頓着はないのだろう。ひどく安らかな顔をしていた。そうとわかるとごく素直に私からも工事難への頓着はしばしの間遠のいた。次から次へと襲ってくる難題をかかえて、私には、それらすべてを思考の向こう側へ追いやる特技がそなわってしまっていた。

セーヌ河に面して大きく張り出したビュストロのガラス窓がメラニーの背後で揺れながら明るんだ。

また別の遊覧船が通っていくのだ。

河沿いにある歴史的な建物や名所、橋桁の彫刻、河にしなだれかかるように繁る樹々の枝を強い照明が浮きあがらせて、夜空に再び幻の華が咲く。

「雨が降ってきたのね、さっきまでは星空だったのに」

メラニーが母親の死を告げたときと同じトーンで言う。

遊覧船の投げかける明かりの中で、春先のこぬか雨が風にさらわれて斜めに光っている。

混み合ったテーブルの間を縫ってボーイが注文をとりにくる。

「お決まりですか？」

「ステーキと、タリアテール・ア・ラ・メゾン」

メラニーは九九でも暗唱するように言う。

「ステーキの焼き方は？」

「ブルー」

母親が死んだというのに血のしたたるステーキを注文できるのはやっぱりヨーロッパの人だな、と思った。

「そちらは？」

「私はシェフお薦めの『本日のスペシャル』に」

「テット・ド・ヴォー（仔牛の頭）ですね」

「ええ、グレビス・ソースに玉葱のスライスをたっぷり入れて、なるべく脂ののってないところを選んでね」

「仔牛の頭といったって、頬っぺたの部分ですからね、しつこくないし美味《うま》いですよ」

ボーイは皿を満載したお盆を片手に泳ぐように調理場へ消えていった。

「仔牛の頭？　へーえ、時流の力って凄いわね。こんなレストランでもシラク贔屓《びいき》なのかしら」

とメラニーが言う。

仔牛の頭は大衆的な料理で、シックなレストランのメニューには絶対と言っていいほど載ることはない。

このとき、フランスの大統領選一回目の投票日が間近に迫っている時期なのだった。ミテランの二期、十四年間にわたった社会党政権が長すぎると思っているフランス人も多かったし、ミテランを超える大統領は当分の間出ないだろうと思っている人も多かった。

現保革連合政権のバラデュール首相がそのまま大統領になると思っていたら、同じ保守派からシラク・パリ市長が出馬した。

保守が割れたのだ。割れた二人が残った場合、左派の票を抱きこんだほうが勝つに決まっている。シラクが急に左寄りになった。

プロレタリアの伝統的料理である「仔牛の頭」が好物であることが喧伝《けんでん》された。それをからかって対抗馬である現首相が毒のある名言を吐いた。

「キャビア好きの自称左翼《シラク》が『仔牛の頭』と同盟した」

以来「仔牛の頭」が流行《はや》りだした。何かにつけて政治的な人々である。

私は、左も右もかかわりなく、街道沿いの大衆食堂で定期便の運転手さんに囲まれてはじめて食べたときからやみつきになった。

「いずれにしたって、ここまで経済が落ちこんだフランスはどうなるの、失業率は一二パーセント。ホームレスは増えるばかり。あなたの家の工事だって昔のように手に職持ったフランス人がやっていればこんなことにはならなかったわ」

変な方向から、急に本題に鉾先《ほこさき》を向けられて私は思わず苦笑した。

「まさか。移民労働者排斥の最右翼に投票するつもりじゃないでしょう?」

とからかってみた。

「それはないわ」

メラニーは気のない声で言ってから、はじめて私をまともに見た。

「私がすべてやればよかったのよ。悪かったわ。あんな大がかりな裁判のあとでちょっと怖かったし……正直言って母に精気を吸いとられていたのよ」

遊覧船が次々に通り、舞台装置の書き割りのように不自然な光が夜を焦がし、そこに浮き出る雨脚はさっきよりこってりと重くなっている。

「人生って、つまりはこんなものなのね」

メラニーの声が急にこぬか雨のように濡れてきた。

「あの母が死んだのよ、こんなこともあるのね。あの人は私たち姉妹が疲れ果てて先に死んだあと、その葬式の指図をして、墓石の横に杖をついてでもしゃっきり立って、人を小馬鹿にしたように鼻をつんと空に向けて毒づくと思っていたわ。『Merde!《メルドゥ》 あの罰当たりどもがやっと死んだわ。親を養老院に追いやった薄情娘たちが！』。この二、三年母のそんなだみ声が耳から離れなかった」

「お葬式はいつ？」

「今朝だったの。ペール・ラシェーズ墓地で」

喪服でもなく、地味作りでもなく、エルメスの派手なスカーフを小粋に襟元で結んでいるメラニーを見て私は黙った。そういえばメラニーの母という人もエルメスのスカーフのよく似合う女《ひと》だった。銀髪にスカーフがからみあって風に舞い、ルイ・ヴィトンの大きな合切袋をひょいっと肩にかけて世界を股によく旅行をしていた人だった。

私にとってそのことはいくばくかの意味を持つ。世界旅行もさることながら、背の低い東洋人には目立ちすぎる大きなスカーフやルイ・ヴィトンの特大のスーツケースを丈夫な実用品としてごく自然に生活の中に取り入れて、それが似合う人。似合わない人。ブランド品だからというだけで見栄で買う人。同じ理由で毛嫌いする人。メラニー一家はそれらがごく自然に似合う人たちで、私は毛嫌いする人種だ、と思った。でも、人からプレゼントされたら使うかもしれない。似合わないわけでもないだろうから、とも思った。私の見栄は、そういう店には立ち入らないことだった。買う見栄と、買わない見栄、どちらもあまり上等な意地ではないとは思う。

「威勢のいいきれいな人だったわね」

さまざまな思いを押しきって私は言った。

「威勢は死ぬまでよかったわよ。ただ意地悪で醜い老人になっていた」

「しようがないじゃない、あたしたちもいずれはそうなるわ、時間の問題よ。お幾つになっていたの？」

「九十九歳。間違っても大往生ね、なんて月並みなこと言わないでね」

「言わないわよ」

と私は笑った。

年老いて、頑固に、我儘《わがまま》に、そしてひっそりとさびしさの中にかがまりこんでゆく母親を持つということがどんなことか、私はたぶんメラニーよりもよく知っている。

陽気な夫やきょうだい。子だくさんでもあるメラニーには私にはない大家族がいる。五十代で五人もの孫まで持つメラニーを私は羨ましいと思った。

「九十九歳っていうと十九世紀生まれの女性だわね」

「一八九六年生まれよ。ココ・シャネルやコレット。チャーチルやマルローの恋人だったともいわれる女流作家のルイーズ・ド・ヴィルモランとか、あの時代の女性は個性が強くてひと筋縄ではいかなかったわね。その分才能もあったし魅力もあった」

「あなたのママも個性的で魅力があったわ」

「若いときから喧嘩っぱやくて議論好きで家事そっちのけで政治の話に夢中になっていたひとよ」

「女性政治家になるには、ちょっと生まれるのが早すぎたわね」

「一世紀ばかりね……。女性の出る幕がなかった時代に生まれたことを死ぬまで恨んでいたわ。何もかもを恨み、憎み、毒舌の限りをつくして私や姉を呪《のろ》っていたわ。やっぱり辛かったわ。父が死に、溺愛していた兄が事故死をしたあと、家族の大反対を押しきって、自分からさっさと施設に入ってしまったくせに」

「アルゼンチンのひとだったたわね」

「そう、火を噴くような鉄火な毒のあったひとよ。でも、あの頃はまだよかった。私たちを憎む凄まじいパワーがあって生き生きしていたわ。二年前に転んで、全身が麻痺状態になってから、あの人は自分が悪魔になることを決めたのよ。皮肉なことに頭と舌だけがますます冴えて、逢いにゆくたびに『能無しの医者をくどいて、はやくこの屈辱から解放してくれるのがあんたができる一世一代の親孝行よ。医者や政治家は何を考えてるの、こんなになった人間を生かしておく偽善が、人道的にどんなに罪なことか、社会的にもどれほど有害なことか、奴らが気がつく頃には世界中が年寄りだらけになっているわ』。気の強い母が涙を流して、はやく死なせてくれと言うのよ。逢いにゆくたびにノイローゼになって、三日間ぐらい物を食べられなくなるの、それがもう二十年近くつづいていたのよ。あの人のいい夫が、さすがに我慢の限界がきたらしく、もう二度と逢いにゆくな、とか、絶縁しろとか……」

　メラニーは笑うと顔いっぱいに花が咲く。美人では決してないのに吸いこまれるようなチャームがこぼれる。

そのチャーミングな笑みが途中でひきつれてむせるようにつぶやいた。

「百歳に近い母親を絶縁だなんて……まったく家庭崩壊寸前だったわ」

「辛いわね、年を取って人格が変わってしまうことも、それを看る側も」

メラニーは血のしたたるステーキの一片を器用にタリアテールにからませて口に運んだ。

私は食欲が消え失せていた。

「でも動けなくなるまでは、年中老人たちを集めて大演説をしていたわ」

「人気者だったんだ」

「どこへ行ってもそうだったわ。あの人には常に聴衆が必要だったの。カリスマ的なものがあったわ。二年前、まだかなり矍鑠《かくしゃく》としていて、杖をついて孫の結婚式に出たの、ま、そこで転んじゃったんだけど、すばらしいスピーチをしたわ」

「スピーチねえ……」

私は、茶の間や、サンルームの椅子に坐って日がな一日三匹の猫たちに語りかけているわが母の姿を思い描いた。

「お母さん、私がいるときぐらいは猫と会話をしないでください。気味が悪いわよ」

私はときどきひどく冷たい声で言い放つ。私がちょっと声を荒げるだけで、三匹の猫は、電気ショックにあったようにぎくりとして決してまばたきをしない六つの眼で、穴があくほど私を睨《にら》み据《す》える。

「いいのよ怖がらなくても。お母さんがちゃんとついていますからね」

そこで年老いた母は声を落として言う。

「あの人、今にまた遠くの国へ帰っちゃう人ですからね、もう少しの辛抱よ。まあ、可哀相に、そんなにビクビクして、体に毒よ、ここはあたしたちみーんなの家ですからね」

「あたしたちみーんな」の中に私は入っているのだろうか……。

「いろいろな年の取り方があるのね」

ぽっそりと、私は言った。

「母のような年寄りにだけはなりたくないわ」

とメラニーが言う。

「みんなそう思うのよ。そしてみんな母親にそっくりの年寄りになっていくのよ」

遊覧船が流れ過ぎてゆき、夜空に散らばった照明が、上手から下手へとうつろい、影の部分が濃くなった。

その薄れゆく光の中で、メラニーのシルエットが急に、死んだというその母親の写し絵のように年老いて見えた。

モノクロ映画のひとコマのように、過去と未来が重なった瞬間であり、その中で、襟に結んだスカーフだけに色があった。生命体ではない物のみが持つ、不滅の残酷さがそこにはあった。

スイッチのないランプも、タイルにいびつに嵌《は》めこまれた鏡も、ドアのノブも、階段の手摺りも、みんな同じ酷薄さで、夜を下敷きにしたビュストロの窓ガラスの中で、次々に現われては消えていった。

私はペケじるし満載のメモ・ノートをしまった。

工事の不首尾や、不動産業者への怒りが少しずつ鎮まっていった。儚《はかな》いむなしさが胸にみち、それさえもまた、少しずつ横浜に一人住む老いた母への切ないなつかしみに移ろっていった。

今度帰ったらお手伝いさんにだけ託さずに、猫たちに魚の煮つけを作ってあげようと思った。

遊覧船がちりばめる、光りと影の絶景の中でこの夜、私は好物の「仔牛の頭」を食べなかった。

夜を走る影

夜が唸《うな》っている。

眠っている都会の底から湧きおこる騒音。不連続なのだ。風向きによるのだろうか、遠のいたり、近づいたりする。それは層の濃い鈍くて忌《いま》わしい気配を含んだり、突然、絹を裂くような疳高《かんだか》い短音が、夜の底を轢殺《れきさつ》するような過激な音になったりする。それが短く、断続的に四、五回軋《きし》むと、またズラーッという単調ながらたっぷりと不吉な予感を含んだ忌わしい音にかえり、お腹に響いてくる。

はじめてその音に起こされたとき、遠くに起こった火事が、風向きによって火勢を四方に走らせているのかと思った。

津波かしら、と思って飛び起きたこともある。

深夜、たぶん二時頃に唸りだし、ほぼ三、四十分間つづく。次第に私は耳を澄ましてその騒音を待つようになった。不眠症の私には辛い行事ではあるが正体を見極めたかった。

ラジオのカーレースを音量を低くして聴くとちょうどこんな音になるのだろうか、と思った。陰々滅々と流れわたるその地響きのする複合音が、少し離れた場所にある国道を走り抜ける膨大な数の暴走族だと気づくまでに、かなりの時間がかかった。見に行こう、と思った。

私は身仕度《みじたく》をするのに二十秒もかけない。これは私の特技である。というわけであっという間に身仕舞いを終え、離れになっている私の住居の重い扉をこっそりと開けた。

母や住みこみのお手伝いさんに気づかれずに深夜の外出をするには、こうして庭伝いに足音を忍ばせ、遠廻りをしてガレージに行きつくしかない。

クモ膜下出血で命拾いをしたあと、母は高齢もあいまってすっかり耳が遠くなっている。耳ざといお手伝いさんがエンジンの音に飛び起きる頃、私はすでに街道筋を走っているのだ。

満月に近い明るい夜である。

国道沿いにある閉店したガソリンスタンドに車を止め、ライトを消して身を沈め、音を聴くために窓ガラスは下ろした。

その場所は、国道が、同じように幅広のもう一つの車道と二分される三角洲の頂点になっていて、彼らはその三角地帯をぐるぐると輪走しているのだった。近くで聴くと耳をつんざくような轟音である。

ヘルメットで覆った頭と顔はただ黒く、疾風のように私の前を飛び過ぎる。

こんもりと背中を丸め威嚇するように前のめりで爆走するグループ。反対に、さながら映画「イージーライダー」の乗り手のように、背中を反《そ》らせ、カミソリのように鋭く吹っ飛んでゆくひと群れ。彼らが暴走族と呼ばれる〝族〟という衆であるのか、思い思いの孤独をひっさげて勝手に夜をつんざいている個と個が、気がつけば群れをなしているのかわからなかった。

さぞかし何事か怒鳴ったり、叫んだりしているのかと思ったら、轟音のせいか私の耳には聞こえない。

国道沿いの住人はさぞ迷惑だろうに、私はその耐えられない喧騒よりも、月夜に疾駆《しっく》する黯《くろ》ぐろと厚くて重い、アスファルトの道を流れてゆく影に眼を瞠《みは》った。

人物とオートバイが一体になり、それにぴたりと粘着して伴走する影。それらは離れ得ない一箇の不気味な怪鳥のようで、恐怖を覚えながらも見入ってしまう、脆《もろ》くてはかない美でもあった。

あれから何年も経つのに暴走族は、さまざまにかたちを変えて健在であるらしい。トレンディなる現象が次々と目まぐるしく移り変わっていく中で、黒い影をひっさげて暴走するこの物騒な怪音は不滅なのだろうか。

乗り手は代替りしているにちがいないのに、彼らを暴走させるエネルギーは、その原因も目的も昔と同じなのだろうか。

ひところマスコミも大きく取りあげ、連夜の不眠にたまりかねた市民が、縄を張って彼らの中の一人を夜の中に噴き上げた事件もあった。

ふと思う。どうして彼らは徒党を組んでいるのだろう。たまたま一人一人が集まって群れとなったとしても、たった一人の暴走を私はまだ見たことがない。

いや、ちがう。一度だけ見た。日本ではなかった。イラクとの泥沼戦争のさなか、そしてまた戒律のやたらと厳しいイスラム共和国が発足してまる五年経った、イランの首都テヘランの町の住宅街であった。

拙著『砂の界《くに》へ』の前半、「黒衣《チャドル》の女」の末尾に書いたことで恐縮だが、あのヴィジョンは今も強烈な印象で胸の底に残っている。

その夜、パリへ帰る私の送別会を、当時、読売新聞の特派員であった高井潔司夫妻宅で盛大にやっていただくことになり、私はホテルを出て鈴懸《すずかけ》の並木が美しい、革命後救世主通りと改名された旧バリアスル通りを歩いていた。

一人ではなかった。ホメイニ革命真《ま》っただ中《なか》のイランの首都テヘランの夜を、イスラム教でない異教徒の女が、黒衣もつけずに一人歩きするなど、そのまま革命防衛隊へ連行されても文句は言えない暴挙である。

お別れパーティの提案者の一人が私を迎えに来てくださった。

その夜も、すでに高く昇っていた月は満月に近かった。見納めの鈴懸が長い影を曳《ひ》き、エルブルーズ山脈から吹きおろしてくる風に、頰を叩く砂の粒子が交ざっていた。

「ここはやっぱり砂漠の国ね」

とつぶやいた私は次の瞬間、思わず怯《ひる》んで棒立ちとなった。

すさまじい轟音が、突然、テヘランの夜を裂いたのだった。

「ぎゃあおー」というような奇声が私の度肝を抜いた。

まるで天から降って湧いたような唐突さで、ぐんぐんと近づいて来た一台のオートバイの乗り手は、ヘルメットなんぞ被ってはいない、イスラム鬚《ひげ》をぼうぼうと生《は》やした若者で、決死隊のような形相に、きっとした眼で真っ直ぐに夜の芯を睨《にら》んでいた。しゃらくさいアメリカ主流の世界秩序なんか打ち砕いてやるッ、というような気迫が、私には感じとれた。

泥沼の底を這うような聖戦《ジハッド》の相手は、当面イラクのサダム・フセインではあっても、彼らイスラムの真の敵はアメリカでありイスラエルである。

美しいペルシャ書体で街中に張りめぐらされている横断幕のプロパガンダによれば、憎悪の対象は、英・ソ・仏とつづき、日本も末席に侍っている。

思わず鈴懸の木陰に隠れた私に、連れのジャーナリストが言った。

「テヘランの暴走族です。徒党を組んではいない、たった一人の暴走族です」

その暴走者は、われわれめがけてきゅーん、きゅーんと車輪を軋《きし》ませ、道幅いっぱいに大きく蛇行しながら突進してくる。

もう怖がっている時ではなかった。

私が身を隠した大木を、切り裂くような勢いで突撃してきた独りぼっちの暴走者は、私たちのほんの二、三メートルほど前で、高々と前車輪を宙に上げ、くるっと廻って曲芸のようにきらびやかな姿を見せた。

眼と眼が合った。イスラム鬚に覆われた頬は削げ落ち、思ったよりずっと若い走者は、鬚の中でにこっと笑ったように思えた。

ほんの一、二秒、後車輪までが地面を離れて夜の中に飛翔した。

黒いデモンかエンジェルか、うっとりと見惚《みと》れる私から、走者はすでに遠かった。

「おおおー、おう」

と叫びながら、夜の中を走り去った。サバンナを駆け抜ける一匹の黒豹を見るようだった。

まだ遠くエンジンの音を曳いている消えたオートバイが、宙に浮いて曲芸を見せたとき、その影もまた地面の上で踊っていた。

あれから十五年が経った一九九九年七月のテヘランでホメイニ師の「黒い革命」を知らない十代、二十代の若者や学生が、報道の自由を規制強化する保守派に反発し、大規模な抗議デモからはじまる騒乱を起こしたことを新聞やテレヴィのニュースで知った。

人間の自然な欲望を封じこめ、欧米の音楽や映画を愉しむことまで罪悪として布《し》かれたさまざまな規制や罰則。

イスラム教シーア派の教えに絶対服従を要求する聖職者支配のひずみを、若者や一般庶民がどこまで支援しつづけるのだろうか、というのが二度にわたってイランを訪問した私の感想だった。

その私自身、革命遂行のため犠牲となった思春期真っ盛りの少年兵の墓地へ、キャメラを持って入ったことを通告され、革命防衛隊に手錠をかけられそうになったものだった。

そのベヘシュテザハラ墓地は、イスラム革命政府樹立を目指して、十四年間の追放流転の末、最後の亡命地パリから一九七九年二月一日に祖国へ戻ったルッホラー・ムサビ・ホメイニ師が、テヘラン・メヘラバード飛行場から慰霊のために直行した、いわば殉教者の聖墓地なのだった。

革命を起こすのはむずかしい。けれど革命後、人びとに革命前の生活に勝るよき暮らし、人間の自由や尊厳を、富や平穏をいかにしてもたらすかのほうが至難の業なのだろう。

石油による圧倒的な富で権力をほしいままにし、私欲を満たし、イスラムの教えをないがしろにして近代化、欧化に邁進するかたわら、弱者や貧民に圧制を加えたパーレビ国王の「白い革命」に虐《しいた》げられてきた国民は、そのパーレビ国王を向うにまわして毫《ごう》もひるむところなく闘ってきた高潔の人、ホメイニ師にこのうえなく感動した。

預言者モハメッドの「緑の旗」を高々と掲げて国王勢力に立ち向う姿は、当時の民衆にとってはかがり火のごとき明るい希望であったはずなのだ。けれどこの時点で大多数の人々は、ホメイニ師の説くイスラムの原理が何かをよく理解していたわけではなかった。

不倶戴天《ふぐたいてん》の敵パーレビ国王を亡命に追いこみ、当然のように布かれた政教一致の僧侶支配に雪崩《なだれ》のように追随した一般庶民や若者の熱狂《ファナティイズム》が去った時が問題だと思っていた。

そして、その時がやって来たのだった。

ホメイニ師のイスラム革命以来二十年が経っている。

今、イランで国民人口の過半数を占めているのは、十代から二十代の「白い革命」も「黒い革命」も知らない若い世代だという。

少子高齢化が進む国々にとっては羨ましい限りだが、この若者たちにとっては、我武者羅《がむしゃら》にイスラム原理主義のみをよしとする保守的聖職者政権や、それを支える保守過激派の「神の党《ヒズボラー》」は苛々《いらいら》させられる存在であるにちがいない。

私が訪れた革命成って五年目のテヘランにでさえ、学生やインテリ層には同じ不満が台頭していたように思う。

それが表面化したのは一九九七年、保守派の立候補者に大差をつけて、イスラムの教義の解釈を拡げ、自由化路線を掲げて大統領に就任したハタミ師の出現からだろうと思う。

二十年前の民衆がホメイニ師に感動したように、今、ハタミ師を希望の星と仰ぐ学生たちの運動に市民も連動して、革命以来最大規模のデモと言われた騒乱も、たった六日間であっけなく鎮圧されてしまった。

誰によって？　もちろん、私に手錠をかけようとした革命防衛隊、「神の党《ヒズボラー》」と、彼らを擁する保守派勢力によって——。

けれど七月十八日の朝日新聞が指摘しているように、この「確執再燃は必至」であると思う。

人間が自由を求める限りつづいてゆく確執なのだろう。むずかしいことは、若者や国際社会に人気の高いハメネイ師自身も聖職者であること。イランが政教一致の路線を変えない限り、完全な解決は遠い日のことかも知れない。

私は鈴懸の道で鮮烈な影の舞いを描いた、たった一人の暴走者を憶い出さずにはいられない。

イスラム鬚の中に垣間見《かいまみ》た、まだあどけなさの残るあの顔は、十五年の歳月を刻んで、今、どちら側に身を置いているのだろうか。「神の党」か、ハメネイ師を救世主として仰ぐ開放自由化の左翼学生派か？

たった一つたしかなことは、彼が祖国の有事に対して決して無関心ではないだろうということ——。

「おおー、おう」と叫びながら、自分の信念を睨《にら》み据《す》えて、鈴懸の道をエルブルーズ山脈に向かって驀進しているだろうということ——。

ひるがえって、日本の若者は、何を求めているのだろうか。暴走族に限らず求めるものを捜しあてられない自分への焦燥なのだろうか。彼らの顔には力がない。感情がない。

彼らが恐れているのは自分が傷つくことではないのだろうか。オウム真理教がこれほど一般市民に嫌われているのに信者が増える要因も、多少、ここに由来するのではないだろうか。現実が虚しい。孤独が怖い。傷つくのが怖い。他人とのコミュニケーションをとるのが怖い。

そのうえ、行く先々で拒絶されればなお結束を固めるのは人間の性《さが》だろう。それにしても、あれだけの犯罪を犯した集団に、蒼《あお》ざめた顔の若者たちが黙々と集まってくることのほうが怖い。

テヘランでの騒乱が鎮圧されたという報道から間もないある朝の番組で、阿久悠さんが作詞された「昭和最後の秋のこと」についてはなしをされていた。うろ憶えのまま引用することをお赦《ゆる》しいただけるとしたら、「平成も十一年になっている今、なぜ昭和なのか」という質問者の問いに対して――十一年というのは、ギリギリのけれどちょうどよい距離であること。昭和にはまだ残っていたことばに対する執着がなくなってしまった。たかだか三十年前までの日本は決して豊かではなかったが、ことばに力があった。そして喪われたものの中で特筆するべきものは「感」であること。感とは感情の感、感動、感激、感奮、感泣など……。

貧しかった国を豊かにするために頑張ってきた昭和の日本人、けれど若者は頑張る、ということばにも行為にも白けた顔でそっぽを向く――。

というような趣旨のことを話され、作曲した浜圭介さんが、ギターを弾きながらうたった「昭和最後の秋のこと」に私はたくさんの感を覚えた。

今日も夜は唸っている。怒りか、かなしみか、ただ轟音をひき連れて深夜の静寂を裂くのが気持ちよいのか。

黒い影があまり不幸なはびこり方をする前に、うたいだすといい。「昭和最後の秋のこと」を——。

彼らを生み出したのは、昭和に生まれ、生きた私たちのその生き方も関わっているのかも知れないとは思いながら……。

ホームレスと大統領

おじさんはホームレスである。

おじさんといっても見かけよりはずっと若いにちがいない。私が住むサン・ルイ島には四人のホームレスがいて、彼らを私はサン・ルイ島の四天王と呼んでいる。それぞれに個性があって四人が仲良く群れているところは見たことがない。

他の三人は場合によっては物乞いもする。ホームレスなどと今風に体裁を張った呼び方より、今ではたぶん人権上の問題で使われなくなった"Clochard《クロッシャー》"つまりルンペンといったほうがぴったりとする風情だし、彼ら自身が〝おれたちクロッシャー〟と胸を張って昔の呼び名にこだわっている。

そのうえ私の知ってるおじさんは物識りで人情家で、群を抜いて個性的である。

「俺《おれ》はこの島に三十年も住んでるれっきとしたルイジアン（サン・ルイ島人）さ」

と言って胸を張る。

彼との出会いは、セーヌ河畔のベンチ。

ベチュルヌ河岸は、散歩道をふちどる並木が見事である。そこにセーヌに向けて五十メートル置きぐらいにみどり色に塗った背もたれつきのベンチがある。

わが家を出て小さな島の古い横道を一分も歩かないうちにそのベンチの一つに行きつく。

その日、そのベンチには先客がいた。若いカップルはこれが今生《こんじょう》の別れ、とでも言いたげにぴったりと寄り添い、涙まじりの繰り言を、二人が同時にしゃべっていた。

私は二番目のベンチに腰をおろし、大樹の差しのべる枝の茂みがほどよい日陰を作っている中で本を読んでいた。視線のはずれにずんぐりとした人影が右へ左へよろけながら近づいてくるのが入ってくる。

近づいて、私の眼の前に止まった影は揺れながら強烈な息を吹きつけてくる。

「ボンジュール、マダム。悪いけどサ、あんた隣に引っ越してくンないかい。ここは三十年前から俺ンチなんでネ」

ここで彼は胸を張ったのである。

「こう見えてもれっきとしたルイジアン、この島の住人なのさ。クロッシャー・ド・サン・ルイってわけよ」

まるで「俺はシラノ・ド・ベルジュラックよ」といったような風格である。

しげしげと見上げた顔は、よくすれちがうホームレス氏。

まだ五十そこそこなのだろうに、凄《すさ》まじいいきおいで年を取ってきたにちがいない、年齢不詳の傷めいた皺《しわ》が顔中を覆い、皺の底までブドー酒焼けで赤銅色である。

「俺さまンチに断わりもなく坐《すわ》りこんで、本を読んでるたぁ何事だ！」

と言わんばかりに仁王立ちで揺れている。

「だって、お隣さん、両方とも二人連れよ。邪魔しちゃ悪いじゃない」

ブドー酒片手にご酩酊のおじさんは、よろけながら左右両隣りのベンチを打ち眺め、あッは、と笑った。

「しようがないな、じゃ、こっちも二人連れといくか。マ、狭いわが家へようこそ」

半分ほど飲んであるブドー酒の瓶を鼻先へ突きつけられて思わず顔を顰《しか》めた。

私はかなりの勇者ではあるけれど、ホームレスのおじさんが垢《あか》で真っ黒に光った手で差し出す、口飲みをしたにちがいないブドー酒のラッパ飲みには少しひるむ。

「ヘッ、上品さんは不便だね」

おじさんは使用ずみであろうくちゃくちゃの紙コップをポケットから出す。

こうなったら飲まざあなるまい。ブドー酒というより柘榴色《ざくろいろ》の酢のような奇っ怪な飲料水に私の胃がキュンと縮む。

空は青く、飛行機雲がうつくしい。セーヌ向うの左岸に聳《そび》える、現代建築技術の粋を集めたと評判の高い「アラブ研究会館」の高名なレンズ式窓ガラスも陽光に光る。

この窓ガラスは文字どおりレンズ式になっていて陽ざしが強すぎると、レンズはオートマティックに絞られ、雨の日などは全開になるので、アラブの美術品や絵を見るのに光線が柔らかくコントロールされているのだ。

「あれはサ」とおじさんはご機嫌であごをしゃくる。

「俺サマのお陰で建ったンだぜ」

「えッ?」

「金を出したのはアラブの殿サマだけどサ、工事人がちょっとでも怠けようもんなら俺ンチからまる見えよ。駆けつけて現場監督に文句言って尻をひっぱたいたのヨ」

おじさんは誇大妄想の世界に入る。

「落成式の日、殿サマが俺ンチまで礼を言いに来てサ」

うん、うんと私は大法螺《おおぼら》につき合う。

「ハーレムって言ったっけ、居並ぶ美女のうち気に入ったのを俺の嫁さんにくれるって言うんだよ」

ここまでくると虚言も芸術である。

「で、どうしたの？」

「断わった」

「もったいない」

「だってみんなたっぷりと太っちゃってさあ、タイプじゃなかったね。俺サマにだって美意識ってものがある」

笑い転げる私におじさんちょっと鼻白む。

「言っちゃ悪いけど、あんたみたいに細っこいの、アラブじゃ女の数にも入ンないよ。もうちょっとゆさっ、とこなくちゃね」

「何が？」

「胸とか、尻とかがさ、歩くたびにゆさっゆさっと揺れるのが美女の条件なんだとさ」

「そんな美女は願い下げだわ。少しばかり中年太りしたけど、自慢じゃないけど胸もお尻もゆさともしないわ」

「よかったねえ！」

おじさんはぴしゃりと私の背中を叩き、二人は大いに楽しい時間を過ごした。気がつけば、私の吐く息もおじさんと同じ、酸っぱくて粘り気のある悪臭になっていた。舌はさぞかし柘榴色に染まっていたことだろう。

その日から私たちはちょっとオツな関係になった。


「フランソワ・ミテラン仏大統領に隠し子！」の暴露記事が出たのはいつ頃のことだったか……。

「Dites donc Madame!《ディットゥ・ドンク・マダム》（ちょっとマダム！）」と言っておじさんは、相変わらず片手にブドー酒の瓶、もう一つの手で「パリ・マッチ」紙の、品のいい知的な顔をした若い女性のカラー写真ページを私に見せた。

「聞いたかい。あのじいさんにこんな別嬪《べっぴん》の娘さんがいたってサ、よかったねえ」

親戚の祝い事でもあるかのように、おじさんは安ブドー酒の臭い息をまき散らして小躍りせんばかりに喜んでいる。

おおかたの国民が無関心であるか、温かい笑みをもって迎えた事件だった。

「じいさんなかなかやるじゃないか。ほれ、あのジャポンて国のさ、天皇《アンプラー》が来てエリゼ宮で晩飯会《ばんめしかい》をやったときにさ、ダニエルって奥さんがいるのに、この別嬪《べっぴん》さんもそのおっかさんも同席したってはなしだよ」

「えッ、どこに同席したって？」

「だからそのアンプラーの晩飯会によ」

「へーえ。知らなかったわよ」

「あんたが知るわけないだろ」

「でも、私そこにいたのよ」

おじさんは面白そうに「ケッ」と笑った。

「法螺はおいらの専売特許でね。かんたんに真似されちゃ困る芸なのさ」

それから胡散臭《うさんくさ》そうに私を打ち眺めて、はじめて気がついたというふうにつぶやいた。

「そういやぁ、あんたジャポンって国の人かい？」

「そうよ、日本人よ」

おじさんはまた「ケッ」と笑った。

「パリに住む日本人全部を招んだらエリゼ宮が破裂するよ」

「そりゃ、そうだ」と私も調子を合わせた。

「マ、よしんばあんたの嘘がほんととしてもだね。マザリーヌに気がつくわけはないよ」

　ここでおじさんは大統領令嬢を呼び捨てにした。

「『あたし大統領の隠し子よ』なんてしゃしゃり出るような女とはわけがちがうんだよ。大学で哲学ってのを勉強してる才媛でね、じいさん、そりゃあたいへんな可愛がりようらしいよ」

「よく今まで世間に知られなかったわね。母娘ともエリゼ宮の別館に住んでいたのね」

　記事を読みながら私はダニエル・ミテラン夫人の寛大を思った。

「そこがイギリスやアメリカとはちがう俺っちの国のデモクラシーってやつさ。政治家が何人愛人を持とうがそんなこたあ、たとえ知れても、国のためになる政治をやってくれりゃあ、それでいいのさ」

「そりゃそうだ」

　とまた私は言った。

「やれ愛人だ、やれ不倫だと国をあげて大騒ぎするなんざ、俺に言わせりゃ子供っぽくて野蛮で、だいいち粋じゃないよ」

「まったくだ」

　おじさんいい線いっている。

「それにしても、お宅ンちの大将はよく替わるねぇ。サミットのたびに出てくる首相の首がすげ替えられてちゃ顔も名前も憶えられないよ。国が安っぽく見えて損だよ」

「まったくだ」

「ナカソーネぐらいだね。顔や名前が浮かんでくるのは」

「テレヴィもないのにどうして顔を知ってるの？」

おじさんはあッはと笑って胸を張った。

「俺は島の人間だけど、別宅が二つあってね。読書の時間はヴォージュ広場のベンチの上。ナカソーネの記事も写真もたっぷり見たサ」

「どうしてこのベンチじゃないの？」

「ルイジアンはケチでね。新聞や雑誌を置き忘れたりしないんだよ」

なるほどね、と頷《うなず》けた。島には二軒の本屋があるけれど、そこで買った新聞や雑誌を散歩者が往き交う細い河畔のベンチで読む粋狂な人は珍しく、みんな自宅でゆったりと眼を通すのだろう。

ここから近い由緒あるヴォージュ広場は公園でもあって、ベンチや公共屑籠を物色すればあらゆる種類の読物にことかかない。

私はこのとき、おじさんの第二の別宅の在《あ》り処《か》を訊かなかったことを、その後、悔いることになる。

「そのナカソーネがさ。シラク市長と演説合戦をやったとき、軍配があがったのはナカソーネだったそうじゃないか」

「よく知ってるわネ」

今度は私がおじさんの背中をぴしゃりと叩いた。

数年前のことだったが、あのときの中曽根元首相のスピーチはほんとうに素敵だった。洒落あり、皮肉あり、愛敬ありでフランス人気質の機微に触れ、フランス映画からシャンソンのこと、そのシャンソンにひっかけて、そのとき大統領選出馬の噂があったイヴ・モンタンを軽くからかったりで、満場の人々の爆笑と喝采を浴びた。私の知る限り、パリで、日本国の政治家が、そのトンチと、ときどき交える朴訥《ぼくとつ》なフランス語でこの国の錚々《そうそう》たる聴衆を沸かせたのは、その前も後も、皆無である。

私が感服したのは、そのときのスピーチを中曽根元首相はあらかじめ用意していたわけではなく、シラク市長（当時）のいかにもENA（高等行政官僚を養成する超エリート学校）出身のテクノクラートらしい、面白くもおかしくもない四角四面な、原稿を読みつつの演説に、聴衆が退屈しているのを見てとって即座に方針を変更したことだった。

比較的前の席にいた私に中曽根さんが通訳氏に言うのが聞えたのだ。

「スミマセンが……原稿破棄してください。アドリブでいきます」

と言っていきなり、フランス映画のクラシックを例にとってはなしだした。フランス人が喜ばないはずはない。

「天井桟敷《さじき》の人々」「舞踏会の手帖」

若い通訳氏は映画通ではないらしく赤面しながら、「えッ？　えッえッ」と疑問符つきで詰まった。

その狼狽《ろうばい》ぶりが実にリアルで感じがよく、その有様を苦笑しながら見てとり、間髪を入れず、「Les Enfants du Paradis《レザンファン・デュ・パラディ》（天井桟敷の人々）」「Un Carnet de Bal《アン・カルネ・ドウ・バル》（舞踏会の手帖）」と一言一言句切りながら、自らフランス語で言った中曽根さんに聴衆は拍手した。

「日本には下手《へた》の横好きということばがありましてね、私は『枯葉』というシャンソンが大好きです。これも日本の滑稽な習慣ですが、風呂に入って頭の上に手拭いをのせて、私はよく上手《うま》くもない『枯葉』をうたう。だから、イヴ・モンタンさんは私にとって雲の上の人、幻の師匠です。ただ、そのシャンソンの大師匠に、今、私が教えてあげられることがたった一つある」

ここで中曽根さんはちょっと間《ま》をとった。実に的確で効果的な間であった。さながら名優の域である。

「政治はそんなにかんたんなものじゃない」

会場は割れんばかりの拍手であった。

演説会のあと、市長舎内の大広間でちょっとしたパーティがあった。シラク市長と肩を並べて入場して来た中曽根さんに私は思わず駆け寄った。政治家、というふだんあまり相性のよくない種族に駆け寄ったのは生まれてはじめてのことだった。

「スピーチ素敵でした。ほんとうにステキでした」

ここまで話すとおじさんは、「ちょっと待った」と私を制した。

「あんた、またそこにいたとでも言うのかい？」

「いたのよ」

「どんな資格で？」

「好奇心という資格で」

「ケッ、野次馬はみんな市長舎に入れたのかよ」

「……ン……ちょっとした日本人には招待状が来たのよ」

「あんた、そのちょっとした日本人ってわけなのかい？」

「マ、そんなとこ……」

おじさんとの友情を保つために、私はあまり自分を語りたくはなかった。

それにしても、と私は思ったものだった。あれだけ気難《きむずか》しいフランス人を沸かせ、新聞でも称讃されたのに、肝心の日本の新聞は私の知る限りただの一行も市長舎でのカッコよかった元首相の快挙について書かなかった。

パリ在住の特派員諸氏の大部分がそろっていただろうに……。首相の座をしりぞいてから月日が経っていたからだろうか……。それにしては、この前日、私が聴きに行けなかったソルボンヌ大学でのフランス語の講演については、「目立ちたがり屋」だとか、「下手クソなフランス語で……」という、まったく見当ちがいな評価を下した新聞もあったという。

フランス語が下手で当たり前。訪問先の国のことばで講演する、という誠意とエネルギーをなぜ買わないのか。それに公費を使って日本をアピールするために海外出張をする政治家が目立ってくれなくては税金を払っている国民が割を食う、というのがリアリストである私の理屈である。

その後日本へ帰ったあかつきにその話をしたら、一人がびっくりして声をあげた。

「えッ！　あなた中曽根派だったの？　らしくないね」

ヤンなっちゃうわネ。なんで私が中曽根派になっちゃうのよ、スピーチがすばらしかったと言っただけで！　それにらしくないとはどんならしいならいいのよッ。

幸い他の一人がすぐにそれを指摘してくれた。彼はこうもつけたした。

「中曽根を嫌う人も多いけど、それは彼が日本的ではないからですよ。逆に彼を買う人もたくさんいる。政治家としての資質や、能力の高さ、駆使するレトリックや歴史的エピソードを取り込んでのはなしの上手《うま》さ……」

「それがいやな日本人もたくさんいるんですよ。やっぱり情緒的に言ってまだ『男は黙って勝負する』のが好きな人間たちなんですよ。われわれは」

と前《さき》の男性が言った。

「風見鶏って綽名《あだな》にも一理あるしね」

とも言った。それらのさわりの部分を私は相変わらず吹きつけてくる安ブドー酒の悪臭に辟易《へきえき》しながらも、みどり色のベンチでおじさんに物語った。

「ケッ」とおじさん驚いている。

「まるっきりわかンねえよ。風見鶏がいやだって？　一国の大将が風向きもみないで闇雲に方向ちがいへ突っ走ったら船は沈んじまうよ。パフォーマンスが嫌いだって？　そいじゃ政治家は何をするのさ。こうもり傘でも飲みこんだようにただ突っ立ってればいいのかい？　黙って勝負されちゃピープルは置いてきぼりってわけかい？　日本的じゃないって嫌うなんざ、悪《わり》いけど、そういう日本的な人たちのケツの穴は思いっきり狭いってことじゃないのかい？」

言い得て妙である。おじさんはふいっと話題を変えた。

「風見鶏っていやあ、俺たちのトントン・フランソワこそたいしたタヌキじじいだぜ」

おじさんは眼をチカチカさせ、裁判長のように持てる威厳をかき集めて頭をそらした。

トントンとは親戚のおじさんを呼ぶ子供ことばで、フランス人がミテラン大統領につけた「フランソワおじさん」の愛称である。

けれど河畔のベンチでホームレスのおじさんと井戸端ならぬ川端会議をやっていたその

頃、全盛期に人気をあつめたそのトントン・フランソワの慈父的イメージに大きなダメージを与える人道上の問題が明るみに出て、フランス国民は愕然としたのだった。

ナチス・ドイツに加担して、ユダヤ人狩りに手を貸し、虐殺へと追いやった元ペタン派の、法の裁きを待っている人物と、つい先頃まで親交があったという事実である。

その重大な事実を大統領はかくしていた。

おじさんの解説によるとこうなる。

「だいたいあのじいさん、レジスタンス（対ナチス抵抗運動）の英雄面《づら》して政治家になったけどさ、もとはといえばナチスの占領に協力したペタン元帥の手下でさ、ヴィシイ政権の役人だったんだぜ。ユダヤ人殺しに手を貸した連中とつき合っていたんだぜ。

それなのにヒットラーのナチス・ドイツが敗けそうになるとくるりと上衣をひっくり返して、レジスタンスに飛びこんでさあ……」

おじさんは口惜しそうに拳骨《げんこつ》を振り廻した。

「そのことも大統領は口をつぐんでいたわね。国民は裏切られた気になるわよね」

「当たり前よ、口惜しくて口惜しくて……」

「じゃあ、なぜ今もミテランが好きなの？」

おじさんはいわく言い難い表情をつくった。

「人間ってのは複雑でさ。もともと、じいさんはブルジョワの生まれで、育ちや環境からいって保守的でペタン派になる要素があって、その道筋を歩いてたんだね。若気の至りってこともあるしよ、気がついたらユダヤ人狩りに手を貸してるってんで慌ててレジスタンスに飛びこんだ」

　さっき言ったことと微妙にちがうと思った。この微妙にして複雑な矛盾、これはこのときミテランをして国父と仰いだ人々が同時に持った苛立《いらだ》ちだったろう。

　そのミテラン信奉者に水を差すように私はおじさんに言ってみた。

「若気の至りっていうのはハイティーンから二十歳《はたち》そこそこに起こる現象を言うんでしょう。ミテランがド・ゴール率いるレジスタンスに転向したのはたしか二十七、八歳のいっぱしの大人になってからなのよ」

「あんた、またそのときヴィシィの町にいた、なんて言うんじゃないだろうね。あ、まだ生まれていなかったか……」

　とおじさんは笑った。

「生まれてはいたわよ、ちっちゃい子供だったけど。それにあの大戦で私の国はヒットラーのドイツと同盟を結んでいたのよ、連合軍を敵にまわして……」

「そうだったよなあ、ボッシュとイタ公とジャップの三国同盟。トージョーなんて我武者羅《がむしゃら》な大将がいたっけ」

　私はびっくりした。おじさんたいした物識りである。ホームレスになる前はいったいどんな素性の人間だったのか……それを訊くのはご法度《はっと》だと思った。外人部隊に入った兵士に前歴を質《ただ》すのがご法度であるように、それは人間としてのルールにもとることだろう。

よく見ればおじさんはいつもブドー酒片手にご酩酊の様子だが、眼の奥が酔っていない。醒めている、という表現では言い当てられないもっとしたたかに豪気なプライドがひそんでいる。

そのおじさんが私に訊いた。

「あんたはどうしてミテランが嫌いなのさ」

嫌いではない。好きにはなれなかった。

私の夫は医科大学生だったとき、「自由フランスよ、立て！」とロンドンからラジオで呼びかけたシャルル・ド・ゴール将軍の下へ、十二人の学友とともに、三々五々に別れ、夜陰にまぎれてナチス占領下のパリを出発した。最初の犠牲者はピレネ越えの最中に出た。ドイツの軍用犬を駆使してレジスタンスを摘発する「コラボ（コラボラターの略）」と呼ばれたナチスに協力するフランス人たちの手によって殺されたのだった。

たぶん自殺ではなかったかと私は思う。

医科大学生である。万一のとき、熾烈《しれつ》な拷問で暗号や組織を無意識のうちに口走らないよう、ひそかに毒物をかくし持っていたのではないか……。敵の目的は殺すことではなく吐かせることだったのだから。しかもその敵は、ドイツ人ではなく同じフランス人なのだった。
夫の語る地下運動から入ってノルマンディ上陸作戦に参加するまでの体験談は、まことに胸躍り肝《きも》を冷やす映画そこのけの迫力ある物語《シタシオン》なのだが、この章の目的とははずれるので省略する。結論だけかいつまむと、若き軍医となった夫は第二師団に配属され、ルクレール将軍から十六ミリのキャメラを渡された。軍医と両立てで戦争の記録を撮れと懇望されたのだった。

戦後、夫が周囲の反対や驚き、病院側の熱心な慰留を押しきって映画界というおよそ未知な世界へ足を踏み入れた、これが遠因であると私は思っている。オスカー監督賞を受賞した第一回作は、彼が二十七、八歳のとき。まだイマジネーションの中にしかなかった腎臓移植の手術シーンは医学界に大きなセンセイションを巻き起こした。ともあれ、軍命としてキャメラを担いだ夫は燃え落ちるヒットラーの家を撮り、ちょうど昼食時で食卓に並べられてあったヒットラーの紋章つきナイフ、フォーク、スプーンを一本ずつ失敬してポケットにおさめ、窓に掲げられていた炎焼寸前の鉤十字・ナチスの旗を戦勝記念としてひきちぎりパリに持ち帰った。

百万人のパリっ子が狂喜してシャンゼリゼを埋めつくした、パリ解放の救世主、ド・ゴール将軍凱旋の勇姿も、怒濤のように沸き上がる歓喜の声とキスの雨を受ける戦車の上の兵士たちの姿もくまなく撮ったこれらのフィルムは戦後、夫が編集・編纂して、「Compagnons《コンパニオン》・

de la gloire《ド・ラ・グロワール》（「栄光の仲間たち」）」という題名を掲げ、戦争ドキュメンタリーとして空前の大ヒットをした。

撮影、編集、監督、として夫の名前が記されたパリ解放の日の大きな三枚のスチール写真を私は今も大事に持っている。

言わずもがなの蛇足ではあるが、莫大な興行収入の一部を褒賞として与えられた夫は、そのすべてをフランス軍に寄付した。若き一兵士として、医師として、けだし当然のことである。

けれど、悲劇は時ならぬ時に起こったのだった。夫から伝え聞いた詳細を憶えていないのが悔まれるが、パリ解放のその日か、あるいはほんの少し日時を置いたときであったのか、勝利に沸く兵卒や市民の溢れるコンコルド広場に、今はホテルなどになっている建物の屋上や上階の窓のそこここから突如として銃の乱射がはじまったのだった。そして少なくない兵士や市民が犠牲になったのだった。

夫はすばやく戦車の下に身を伏せたというのだから、解放のその日であったのかも知れない。

ナチス残党の最後の抵抗だったし、あろうことかナチス協力者であるフランス人のコラボまでがこの銃撃戦に参加してもいたらしい。

その夜、夫は信じがたい報らせを受けて茫然自失したという。吠えるように夜を徹して号泣していたと、彼の母親から私は聞いた。

夜の闇を利用して汽車の屋根に腹這《はらば》いになってパリを脱出した日、軍用犬に追い立てられて命からがら越えたピレネの山々。生と死のはざまで仲間の武勇伝に沸き、すぐそこにある死への恐怖で、逆に笑いがとまらなかったノルマンディ上陸後の肉弾戦のさなか、無気味な小休止の静寂《しじま》があった。闇夜の中で景気づけにトランプをはじめた四人のうちの一人が、笑いながら壕を出た。

「今、小便に立ったらツキが落ちるかな、戻ってこなかったら僕の勝ちは君たちに分ける」

低く掠《かす》れた口笛を吹きながら、それでも用心深く壕を這い出た数秒後、鋭い射撃音が響いて、彼の若い体は炸裂した。即死だった。

その後も激しい銃撃戦が繰り返され、長かった夜が明けると、死体はそばにあった農家の半壊した掘っ立て小屋の壁に剝製のように両手をひろげてはりついていた。小鳥が囀《さえず》るのどかなノルマンディの田園の朝、敵味方入り乱れる無残な屍《しかばね》が累々と横たわっていたという。

それらの日々、片時も離れず助け合った医科大学からの無二の親友が、パリ解放の勝利に酔い、夫からはかなり離れた後続部隊の凱旋行進をしていたさなか、ブローニュの森の大木の陰にひそんでいた狙撃兵の照準に、その胸部をぴたりと合わされたのだった。

勝利の日である。あと数時間で家族に会えるというそのとき、将来を嘱望されていた若き医師は、凶弾に貫かれ、朱《あけ》に染まって輝く白日の陽光の下に倒されたのだった。

彼の脳裡に焼きついた最後の映像は、歓呼の声をあげて喜々として進む凱旋部隊のどよめく波と、その向うに聳《そび》える、くぐることのできなかった青空の中の凱旋門であったにちがいない。

命を賭して共に戦いとった「パリ解放」の日、夫はこうして生涯の友を喪《うしな》ったのだった。

パリを出発した十二人の医科大学生のうち、生きて還れたのは、夫と、のちにノーベル生理学医学賞を受賞したフランソワ・ジャコッブの二人だけだった。

はからずも生還したこの二人に、これらの体験が残したものはなんだったのだろう。

還らぬ友、敵も味方もなく喪われた数えきれない若い命、憤りや憎しみを越えて彼らに巣喰ったのは、戦争という巨大な虚無ではなかったろうか。

「あんたは、なぜミテランが嫌いなのさ」

とホームレスのおじさんに訊かれて、私は直接には関係のないこれらのことを憶い出さずにはいられない。

レジスタンスの多くの仲間のように、夫はミテランを胡散臭《うさんくさ》い人物として嫌っていた。ナチスと手を結ぶことで祖国を救おうとしたペタン元帥心酔者から、その宿敵である反ナチス抵抗運動の指揮をとったド・ゴール将軍の下に、大戦末期に身を翻《ひるがえ》した日和見《ひよりみ》主義の変節者と眉をひそめた人たちはたくさんいたようである。

ミテランがヴィシィ政権に身を置いたのは彼の若いときであったし、世に知れわたるような高官でもなかったので、国民の大半はそのことを知らなかったし、当のミテランも黙して語らなかった。

ミテランを好意的に見れば、有為転変の世の中で、初心を貫くことができる人々は幸運なのだろうと今の私は思う。ヨーロッパがヒットラーの悪魔的カリスマ性と、ユダヤ人絶滅の残虐非道な狂気に激震を起こしていたとき、私は、そのヒットラーと同盟を結んだ軍国日本で小学生だった。朝礼で「海ゆかば水漬《みづ》く屍《かばね》……」とうたっていた。うたいながらなぜとはなく壮大なかなしみが胸の中に拡がっていった。

はるかなる歳月を経た今も同じである。陰々滅々とした「君が代」の歌詞もメロディも好きになれないが、大伴家持が万葉集の中で切々と綴《つづ》ったという「海ゆかば……」を聴くと鳥肌が立つ。

そんな私が半世紀以上も経ったそのとき、間接的にではあったが当時の敵地で、ホームレスのおじさんと仏国大統領の過去や、その隠されていたさまざまな顔を物語るのも不思議なめぐり合わせである。

第五共和制の始祖である、偉大なる救国者ド・ゴール将軍が引退したあと、ポンピドゥ、ディスカールデスタンにつづいてミテランが大統領に選出されたとき、夫は、あの変節者が！　とそっぽを向いた。

「彼はド・ゴールに追いつき追い越すという身のほど知らずな野望に燃えている。人間としての格がちがう」とも言っていた。

けれど夫は、ミテランの十四年にもわたった大統領としての業績を見ずに、その翌年あまりにも若く他界してしまった。今生きていたらなんと言うだろうか……。

「ああ、ド・ゴール、そりゃあ、雲泥の差だわな」

とおじさんまでが言う。もちろん雲はド・ゴールである。けれど、そのド・ゴールを清廉《せいれん》にして果敢なる軍人として、類稀《たぐいまれ》なる教養高い文人として尊敬していた夫も、ある時期から政治家としての彼には疑問を抱いていたように思う。

一九六八年の五月革命のとき、夫は学生や労働者の改革派のシンパであった。

ミテランには毒あり、野心あり、たっぷりとした権謀術数をやんわりと駆使する老獪《ろうかい》さもあった。その持つさまざまな顔はカメレオンのようでさえあった。

けれど、パリ在住三十年のジャーナリスト藤村信《ふじむらしん》さんも指摘なさるように、

――それでも、ミテランの権謀術数はヒューマニズムから脱線することはなかった。巨大な敵手であったド・ゴール将軍の偉業と並び立とうとする彼の超人的な努力の一部であって、理念なき政治業者の権謀ではない。――　（『ヨーロッパ天変地異』岩波書店）

たしかにミテランははじめこそ多くのアンティ・ミテラニズムをかかえてはいたが、左翼

から立ったはじめての大統領として二期十四年間を全うした。死刑制度を廃止し、移民労働者へ労働ヴィザを与え、その夫人であるダニエル・ミテランは、「国境なき医師団」の設立者、ベルナール・クシュネールと組んで、『干渉する義務』（クシュネール著）を身を以て実践した。

民族紛争があるところへ、テロや虐殺が相次ぐ発展途上国へ、物資や医療品を送り、自らも出向いた。災害の現場に立つダニエル・ミテランの姿は神々しくさえあった。釣り人が穿《は》く腰まであるゴムの長ズボンを着《つ》けて、フィリピンの未曾有の水害のとき、荒れ狂う濁流の中から幼児を救って抱きあげたミテラン夫人は、ひっつめ髪に白粉《おしろい》っ気《け》もなく、私はなぜこの人にノーベル人権擁護賞を贈らないのかと不思議だった。

蛇足かもしれないが、彼女は、途中から地下に潜ったミテランとは違って、生《は》え抜《ぬ》きのレジスタンスの女闘士であった。二人はその抵抗運動の中で結ばれたのだった。後年、五十歳に近いミテランが娘のように若い女性に恋し、一女をもうけた時も、その二人を、こともあろうに、日本の天皇・皇后両陛下を迎えての、これまでに類を見ないほど豪華を極めたと言われた晩餐会に、ダニエル夫人とともにはじめて列席させ周囲が驚きにどよめいたであろう時も、私の席からは見えなかったが、ダニエル・ミテランはすばらしく自然体であったにちがいない。

「でサ」

と好奇心に眼を潤ませておじさんが訊く。

「あんたほんとにその晩飯会に招ばれたとしたら、じいさんの顔を見たんだろ？　末期癌だっていうじゃないか」

あのとき、定刻になっても姿を見せないミテラン大統領と両陛下に、直立不動の姿勢をくずさないでいた二百人近い参会者や、特に首相をはじめとする閣僚たちの間に、はじめは控え目に、五分経ち十分経ち（正確な時間経過は憶えていない）するうちに、動揺が起こったように感じられた。

私はジャーナリストのような資格で招待されたらしく、十人ほどの円《まる》いテーブルの隣人たちは、テレヴィや新聞で名や顔の知れた報道者ばかりだった。

左隣の高名なニュースキャスターが低い声で言った。

「ミテランは気力だけで生きているんですよ。奇蹟的な気力です」

やがて入場してきたミテランは、穏やかで矍鑠《かくしゃく》としていた。顔色だけが蠟《ろう》のように真っ白だった。

天皇・皇后両陛下への歓迎の挨拶もいつものとおり、原稿なしの、ゆったりとした格調の高いものだった。陛下の返礼のおことばのあとにつづいた晩餐会の間中、ミテランの顔に苦痛らしきものはひとはけも宿らなかった。

さらに驚いたのは宴が終わって退場する参列者一人一人にことばをかけ握手をする老大統

領は、この、長時間にわたる苦痛であろう恒例の儀式に背筋をしゃんと立てて臨み、血の気のない白い顔と背後にただよう気迫であたりを圧倒した。

私の番になり、「お招きにあずかり光栄です。すばらしい夕べでした」とことば少なに言った私の手を握ってくれた右手は、死者のように冷たく、「メルシィ、メルシィ・ボークー」とさらに重ねられた左手もひんやりと冷たかった。

「ケッ、じいさんがメルシィと言ったのかよ。反対じゃないのかよ。あんたは礼を言わなかったのかよ」

「もちろん言ったわよ。長い挨拶は迷惑と思って気を遣ったわよ」

「入場が遅れたのはきっと蔭で鎮痛剤を打っていたんだよ」

私が思っていたことをおじさんが言った。ミテランの全存在は白く冷たく、瞳の中にだけ溢れるような柔らかいあたたかみがあった。このあたたかさに人々はついていったのだと私は了解した。

あとになってわかったことだが、ミテランの癌細胞が骨に転移したのは、大統領になって六ヵ月後のことだそうである。

「三ヵ月、長くもって三年……」という侍医にミテランは箝口令《かんこうれい》を布《し》いた。

「これは国家機密である」

こうして在職十年目にはじめての手術が行われるまで、はじめて左翼から出た大統領として「ガラス張りの中の健康報告」を主張しながら、その報告内容はすべて嘘であった。

その間、歴史に名を残すことにも意欲的であったミテランは、ルーブル美術館の前に意表をつくガラスのピラミッドを建てて話題を呼び、デフォンス地区に巨大で超モダンな二十世紀の凱旋門を建造した。これでもか、という自己主張がうかがわれた。

かたや、ド・ゴールは文学的に価値の高いすぐれた回顧録を残し、その高潔な人柄で、人人の間に褪せることのない偉影を残している。二人の大統領の根本的なちがいの一端であると思う。

「でもよ、ミテランのじいさんがいろんな顔を持ってたっていうけど、それは、フランス人って人種そのものがひと筋縄じゃいかないふくざつな顔や欲望を持っているんだよ」

とおじさんが言う。私は藤村信さんが書かれた一節を憶い出す。

――ミテランは高い水準の文人でもあった。フランス人という複雑な人間種族の心理を隈《くま》なく知ることにおいて、ド・ゴールと相並ぶ洞察力をそなえていた――

「それによ、癌と闘いながら、そんなことオクビにも出さず、国のためによく働いてくれてるじゃないか。ペタン派の厄病神とつき合ってたって世間は非難ごうごうで、俺だって心底たまげたけど、それは、じいさんがどっかこう……悪者に対してもやさしさがあるってことじゃないのかな」

清濁併せ呑む、ということだろうか。私だったらユダヤ民族絶滅《ジェノサイド》に手を貸した濁は断じて呑めない。けれど、最後の二年ほどは激痛に耐え、消え入らんとする命の力をふりしぼって、ヨーロッパ統合に夢を注ぎ、各国を歴訪し、健康人でも過酷であるフランス国の大統領としての激務を遂行した。その姿は感動的であった。

長くて三年……と言われた命を、自らの意志と勇気で闘いとり、二期十四年間の大統領任期を全うしたのは、まさに神話的な奇蹟である。

彼が大統領をしりぞき、侍医に治療を止めさせたのは翌年のお正月のことだった。

二日と宣告された余命の中でミテランは、現代人の生と死への関わり方の貧しさや、――精神砂漠の中で神秘から身をさけ、命の源泉から生きる喜びを汲みとることを忘れている――という意味の遺書を残した。書き終わったちょうど二日目の一月八日の朝。自らの信念と目的のためには、あらゆる権謀術数を使い、はじめのうちはエセ社会党と疑われ、晩年にはペタン派の生き残りとの交友で非難され、けれど数々の人道的善行をなし、最後には慈父として慕われた、これらさまざまな顔を旅行カバンの底に秘めて、フランス国第五共和制、四代目の大統領は息をひきとり、長旅へ発《た》っていった。

世はヒューマニズムのフランスから、シラク大統領ひきいるテクノクラシーのフランスに変貌しつつあった。

「じいさん、死んじまったよ」

と珍しく酒気のないおじさんが、ベンチの背もたれに肩をおとして坐《すわ》り、眼を真っ赤にして言った。

「それにしても、死んでまで人騒せなじいさんだ。あの葬式を見たかい？」

それはほんとうに市民が心からの哀悼で送る壮大にして見事な告別の儀式であった。

長時間にわたって粛々と行われたその葬儀の中で、フランス国民が再び愕然とする光景がテレヴィ画面に映し出されたのは、すでに葬儀の後半であった。

ダニエル・ミテラン夫人と、二人の息子と並んでミテランが愛してやまなかった隠し子、二十一歳になるマザリーヌとその母親がひっそりと立っていたのである。報道陣でさえあまりの異事にキャメラを向けることをためらったという。

もちろんミテランの遺言によるものだが、前大統領の国家的葬儀に二人の妻が並んで列席するというのは前代未聞の椿事《ちんじ》である。

フランス革命以来二百年、脈々と続いている「自由・平等・博愛」の精神を以てしても、夫の遺志をうけとめ、マザリーヌの将来を思ってすべてを甘受し実行した、レジスタンス時代からの同志であり、妻であるダニエル・ミテランの寛大にして偉大な人間愛に私は感動した。

セーヌ河畔の川端会議の私の相棒、涙もろくて物識りのおじさんも、私と同様いたく感激したようである。

自由を愛する人権の国、フランスでなければ決して起こり得ない、他国から見れば物議を呈するすばらしく人間的な出来事であった。

「どんな人間もいつかは死ぬものさ。どんな死に方をするかで、その人間が生きてきた道筋がわかるものさ」

とおじさんは言った。

月日が経ち、私は横浜に昼間だけ来てくれるお手伝いさんを夕方送り出し、さびしい夜長を一人暮らす母の、度重なる入退院に心が病み、パリへ帰れない日々がつづいた。その母に長年仕えてくれて今は引退した高齢のお手伝いさんが短期間という条件で住みこんでくれることになり、慌てて戻ったパリは、ストとテロで騒然としていた。

人々の顔つきは厳しかったが、同時に国難に対して心を合わせる、吹き抜けたようなある種の覚悟がにじんでいた。

タクシーを除いてすべての交通機関がストに突入した大混乱状態の街中で、市民はストライキを決行した人々への連帯感から文句も言わず、毎朝、パリ郊外からでさえ何時間もかけて、徒歩で、自転車で、ローラースケートで出勤した。その状態はクリスマス直前まで三週間もの長期間つづいた。

日本では考えられないことだろう。そのうえその年はヨーロッパに何十年ぶりという寒波が襲い、老人や、路上のホームレスの凍死が続出した。この国は緊急時の援助対策には抜きんでているし、オートバイで事故死をした、日本で言えばビートたけしさんのようなお笑いのタレントであり、鋭い政治家批判をした天才、コリューシュが私財を投じて開設した「心のレストラン」がある。冬の三ヵ月間、フランス各地にテントを張って貧しい人や孤独な弱者が無料で温かい食事を提供され、コリューシュ亡きあともその遺志を継いで集まるヴォランティアの人々によって温かい援助がつづけられている。

「……さしのべられた手を断わって初老のホームレスは言った。『あったかい施設？　ありがたいけど三十年来、ここがおいらの寝ぐらなんで……』。手渡された毛布だけにくるまって、酷寒の路上で男は死んでいった。元日の朝のことである……」

ラジオのニュースで私は胸騒ぎがした。

「ここは三十年来俺ンチなんでね」と言ったおじさんの聞きそびれた第二の別宅は、汗と人のぬくもりが立ちのぼるメトロの路上換気穴にちがいない。川べりのベンチは冬でなくても寒すぎておじさんの寝ぐらにはならなかったはずである。

その後、めぐり来た春にも夏にも、みどり色のベンチにおじさんの姿を見たことはなかった。

ブドー酒片手にふらつく体とは裏腹に、瞳の底に居すわっていた豪勢なプライド。

「どんな死に方をするかで、その人間が生きてきた道筋がわかるのさ」

と言ったおじさんは、「ここが三十年来おいらの寝ぐらなんでね」とも言って、ホームレスとしてのアイデンティティをしっかりと抱いて眠るように死んでいったにちがいない。

川風の冷たいよく晴れた日、私は主《あるじ》のいないみどり色の背もたれのあるベンチに一人坐る。胸が悪くなる安ブドー酒の臭気がなつかしく蘇り、酔眼朦朧とした眼の奥の、チカチカと光るアイロニーが笑いかけてくる。

川向うのアラブ研究会館のレンズ式ガラス窓には、この日も白い陽光が反射し、青い寒空にはこの日も二本の飛行機雲が、ゆったりと天空を走ってうつくしかった。

解説　自由に行動する魂

町田　康

文章というものはおもしろいもので、同じ時代を生きる人間がせいぜい何千くらいしかない共通の語彙《ごい》を用いて書いているのだから、そう個性がでるものでもないだろうなんて自分は思うのだけれどもさにあらず、ちょっとした文章にも書いた人の性格や考え方が如実にあらわれる。

だから一生懸命稽古をして立派な文章を書いて立派な人間だと思われよう、という考えは健全な考え方である。

しかしそれは無駄で、なぜなら右に言ったような性格や考え方というのは文章の巧《たく》んで飾ることができる部分以外のところに表れるからで、逆にそんなことをして凝った文章を書けば書くほど、気どって嫌味な文章になるのである。

しかしじゃあ、立派じゃない人が書いた立派じゃない文章が駄目かというと、そんなことはぜんぜんなく、逆に、非常に意地悪で猜疑心にこり固まったような人の書いた、非常に意地悪で猜疑心にこり固まったような小説がたいへんにおもしろく、立派な人格者の書いた立派な文章がぜんぜんおもしろくなかったりする。

これもまた文章のおもしろいところであろう。

なんてなことを考えながら、『30年の物語』を読んでびっくりした、驚いた、キッキョーした、なんて調子のよいようなことをリズムに乗って言うその訳は、冒頭にわかった風なことをいってしまって恥ずかしいなあ、という内心の動揺を隠さんがためで、つまりさほどに本書の内容が深く興味深く面白かったからである。

作者は遠く隔たった場所から場所を自在に自在に往還し、そのことを素晴らしい文章で的確に表現していた。

そしてこの場合の遠く隔たった場所というのは単に地理的空間的のそれではなく（もちろん作者の場合それもあるのであるが）、作者は、美しい追憶に彩られた三十年という時間はもちろんとして、それよりもっと大きな歴史から現在、二つの隔たった思想や宗教、夢から現実、生から死といった、通常、とうてい往還できないような場所から場所をごく自然に当たり前のように軽やかに往還していたのである。

それを可能にしているのは作者の知性の働きである。

例えば「輪舞の外で」。

作者のパリの家を訪問した、私が内心で軽侮《けいぶ》する「日本国組織色」の「日本企業の尖兵《せんぺい》さんたち」と組織からフリーになった「ほんの少し黴臭《かびくさ》い」匂いのする独り身のジャーナリストは、私とその友人数名と徒党を組み、パリ祭の花火を見物に出掛ける。

笑いさんざめく一行の様子が目に浮かぶような愉しげな風景である。しかし、

「子供のころ見た隅田川の花火とはまるでちがうんだ。あれも豪勢できれいだったけど、この国の花火は色や光りがもっと大人っぽくて深いんだ。悪だくみを腹にかかえたすばらしい美女の怖さ、だな」

誰かがつぶやいたときポツリと雨がかかった。

雨は次第に激しい吹き降りとなり、花火は黒い夜空に濡れながら咲き、そして散った。

私たちも夜更けて散った。

というのは一転して、美しいが暗く寂しい風景である。

ここに作者はパリ祭の夜に濡れながら咲く花火と激しい雨のなかに立ちながら、同時にみずからの心のなかに一瞬にして移動、「黒い夜空に濡れながら咲く」思いを眺め、その様子を叙しているのである。

少し黴臭い男と私は七月になると日本以外のどこかで逢うようになるが、パリの花火のよ

うな私は男にみずからの心の動きを正確に伝えることができず、「茫漠とした一方的にエゴサントリックなさびしさの中に沈んで」いく。

地中海に陽が落ちていくと同時に私の心は沈み、陽が落ちきって夜が始まると同時に、私はおちゃらけてみたくなるという表現がここにもある。

独り者の男の匂いではなく、「ひどく洗練された人工的な匂い」を漂わせている男と別れた私はその後、仕事で東京に滞在するが、男と逢うことはない。

「輪舞《ラ・ロンド》」。まるく輪になって登場人物たちが手をつないで踊る。

人生、どうということもない。誰かが誰かと逢い、誰かが誰かと別れる。そして、ほんとうに逢うべき人とは、時も場所もまったく異った空間ですれ違ってしまうのだ。誰もが誰もを知っているようでもあり、その実、誰も知らない虚《むな》しい輪舞。

雨の降るその年の七夕の夜、私はその輪の中に入ってゆかない自分を感じる。

虚無的なというとなにかも知れぬが虚無的な或いは無常観的な述懐で、しかしこの述懐は人と人との出会いと別れを表して実に正確であると思う。

しかし三十年を物語る作者は、ただ虚無的な心情のなかに沈淪《ちんりん》するのではなくひとつの物語からまた別の物語へと自由に往還する。

このことはいくつかの物語が反響したり共鳴したりしてさらに大きな響きを作るということで、ひとつひとつの物語は完結しながら全体でひとつの大きな物語になっているというのも驚きである。

「栗毛色《シャタン》の髪の青年」は本書に収められた作品のなかでもっとも長く、またスケールの大きい話で、右に申しあげた作者の、異なる時間を空間を思想を歴史を人物を感情を生死を自由に往還するスタイルをもっともたのしみ、味わうことのできる作品である。

描かれているのはすべて人間の振る舞いである。

グレイの瞳に、ほんの少し肉感的な唇。

瞳の中には、遠目に見たときよりも濃い翳《かげ》りが宿り、玉虫色の光りが浮いていた。疲れているようでもあり、闘いを挑む前の静寂に身をひそめているようでもあった。男は二、三歩後ずさりに歩きながら、妙に気になる笑いに唇を歪《ゆが》めた。自嘲のようにもとれるし、私をあざ嗤《わら》っているようにもとれる。しげしげと私を見定めてから、ひどく官能的な笑みを消さずにつぶやいた。

「Excusez-moi madame, bon après-midi……《エクスキューゼモア・マダム・ボンナプレミディ》（失礼しました、マダム。よい午後を……）」

作者は他者を正確に詳しく描いている。そこにみてとれるのは作者の人間のすることに対する興味で、そこには他者への、広い意味での愛や希望が強く激しくあるのだと思う。

このことはしかし、「輪舞の外で」の虚無的な調子と相矛盾するのではなく、そうして作者が希望と絶望をみずからの身体や魂をつかって往還するからこそ作品と作品が響きあい、美しく強い人を惹《ひ》きつける力が作品に溢れるのである。

稀有《けう》なことだと思う。

作者がそのように魂を飛翔させることができるのは作者が真に自由を愛し求めているからだと思う。

右に申しあげた以外のもっと多くの美点に溢れた本書はそれを読んだ人の人生に確実になにかを残すだろう。

●本書は一九九九年一一月、小社より単行本として刊行されました。

|著者|岸　惠子　横浜生まれ。映画女優、作家。1957年、医学博士から映画監督になったイヴ・シァンピとの結婚のため渡仏。以来パリ在住。夫から強い影響を受け、ジャーナリスト、作家として活躍の幅を広げる。主演女優賞をはじめ数多くの賞を受賞。96年から、国連人口基金親善大使。
〈映画〉「君の名は」「亡命記」「女の園」「怪談」「雪国」「おとうと」「約束」「細雪」など多数。

〈著書〉『巴里の空はあかね雲』(日本文芸大賞エッセイ賞受賞)『砂の界《くに》へ』『ベラルーシの林檎』(94年日本エッセイストクラブ賞受賞)

30年《ねん》の物語《ものがたり》

岸《きし》 惠子《けいこ》

2003年7月15日第1刷発行
2016年10月5日第9刷発行

発行者——鈴木　哲
発行所——株式会社　講談社
東京都文京区音羽2-12-21　〒112-8001
電話　出版　(03) 5395-3510
　　　販売　(03) 5395-5817
　　　業務　(03) 5395-3615
Printed in Japan

講談社文庫
定価はカバーに
表示してあります

デザイン—菊地信義
製版——慶昌堂印刷株式会社
印刷——信毎書籍印刷株式会社
製本——加藤製本株式会社

ISBN4-06-273596-2

講談社文庫刊行の辞

二十一世紀の到来を目睫に望みながら、われわれはいま、人類史上かつて例を見ない巨大な転換期をむかえようとしている。

世界も、日本も、激動の予兆に対する期待とおののきを内に蔵して、未知の時代に歩み入ろうとしている。このときにあたり、創業の人野間清治の「ナショナル・エデュケイター」への志を現代に甦らせようと意図して、われわれはここに古今の文芸作品はいうまでもなく、ひろく人文・社会・自然の諸科学から東西の名著を網羅する、新しい綜合文庫の発刊を決意した。

激動の転換期はまた断絶の時代である。われわれは戦後二十五年間の出版文化のありかたへの深い反省をこめて、この断絶の時代にあえて人間的な持続を求めようとする。いたずらに浮薄な商業主義のあだ花を追い求めることなく、長期にわたって良書に生命をあたえようとつとめるところにしか、今後の出版文化の真の繁栄はあり得ないと信じるからである。

同時にわれわれはこの綜合文庫の刊行を通じて、人文・社会・自然の諸科学が、結局人間の学にほかならないことを立証しようと願っている。かつて知識とは、「汝自身を知る」ことにつきていた。現代社会の瑣末な情報の氾濫のなかから、力強い知識の源泉を掘り起し、技術文明のただなかに、生きた人間の姿を復活させること。それこそわれわれの切なる希求である。

われわれは権威に盲従せず、俗流に媚びることなく、渾然一体となって日本の「草の根」をかたちづくる若く新しい世代の人々に、心をこめてこの新しい綜合文庫をおくり届けたい。それは知識の泉であるとともに感受性のふるさとであり、もっとも有機的に組織され、社会に開かれた万人のための大学をめざしている。大方の支援と協力を衷心より切望してやまない。

一九七一年七月

野間省一

北森　鴻　花の下にて春死なむ
北森　鴻　狐　闇
北森　鴻　桜　宵
北森　鴻　親不孝通りディテクティブ
北森　鴻　螢　坂
北森　鴻　香菜里屋《カナリヤ》を知っていますか
北森　鴻　親不孝通りラプソディー
北村　薫　盤　上　の　敵
北村　薫　紙　魚　家　崩　壊〈九つの謎〉
北村　薫　野球の国のアリス
岸　惠子　30　年　の　物　語
霧舎　巧　ドッペルゲンガー宮〈あかずの扉〉研究会流氷館へ
霧舎　巧　カレイドスコープ島〈あかずの扉〉研究会竹取島へ
霧舎　巧　ラグナロク洞〈あかずの扉〉研究会影郎沼へ
霧舎　巧　マリオネット園《ランド》〈あかずの扉〉研究会首吊塔へ
霧舎　巧　霧舎巧　傑作短編集
霧舎　巧　名探偵はもういない
きむらゆういち　あべ弘士　絵　あらしのよるにⅠ
きむらゆういち　あべ弘士　絵　あらしのよるにⅡ
きむらゆういち　あべ弘士　絵　あらしのよるにⅢ
木村元子　松田裕子　私の頭の中の消しゴム　アナザーレター
木内一裕　藁　の　楯
木内一裕　水　の　中　の　犬
木内一裕　アウト＆アウト
木内一裕　キ　ッ　ド
木内一裕　デッドボール
木内一裕　神様の贈り物
木内一裕　喧　嘩　猿
北山猛邦　『クロック城』殺人事件
北山猛邦　『瑠璃城』殺人事件
北山猛邦　『アリス・ミラー城』殺人事件
北山猛邦　『ギロチン城』殺人事件
北山猛邦　私たちが星座を盗んだ理由
北山猛邦　猫柳十一弦の後悔〈不可能犯罪定数〉
北山猛邦　猫柳十一弦の失敗〈探偵助手五箇条〉
北野輝一　あなたもできる　陰陽道占
清谷信一　ル・オ　タ　ク〈フランスおたく物語〉
北　康利　白洲次郎　占領を背負った男（上）（下）
北　康利　福沢諭吉　国を支えて国を頼らず（上）（下）
北　康利　吉田茂　ポピュリズムに背を向けて（上）（下）
北原尚彦　死美人辻馬車
北尾トロ　テッカ場
樹林　伸　東京ゲンジ物語
貴志祐介　新世界より（上）（中）（下）
北川貴士　マグロはおもしろい〈美味のひみつ、生き様のなぞ〉
木下半太　暴走家族は回り続ける
木下半太　爆《は》ぜるゲームメイカー
木下半太　サ　バ　イ　バ　ー
北原みのり　毒　婦。〈木嶋佳苗100日裁判傍聴記〉
北　夏輝　恋都の狐さん
北　夏輝　美都《みと》で恋めぐり
北　夏輝　狐さんの恋結び
岸本佐知子　編訳　変《ヘン》愛《アイ》小説集
木原浩勝　文庫版　現世《うつしよ》怪談（一）　主人の帰り
黒岩重吾　天風の彩王（上）（下）〈藤原不比等〉
黒岩重吾　中大兄皇子伝（上）（下）
黒岩重吾　新装版　古代史への旅

栗本　薫　水曜日のジゴロ〈伊集院大介の探究〉
栗本　薫　真夜中のユニコーン〈伊集院大介の休日〉
栗本　薫　身も心も〈伊集院大介のアドリブ〉
栗本　薫　聖者の行進〈伊集院大介のクリスマス〉
栗本　薫　陽気な幽霊〈伊集院大介の観光案内〉
栗本　薫　女郎蜘蛛〈伊集院大介と幻の友禅〉
栗本　薫　第六の大罪〈伊集院大介の飽食〉
栗本　薫　逃げ出した死体〈伊集院大介と少年探偵〉
栗本　薫　六月の桜〈伊集院大介のレクイエム〉
栗本　薫　樹霊の塔〈伊集院大介の聖域〉
栗本　薫　木蓮荘綺譚〈伊集院大介の不思議な旅〉
栗本　薫　新装版 絃《いと》の聖域
栗本　薫　新装版 ぼくらの時代
黒井千次　カーテンコール
黒井千次　日の砦
倉橋由美子　よもつひらさか往還
倉橋由美子　老人のための残酷童話
倉橋由美子　偏愛文学館
黒柳徹子　窓ぎわのトットちゃん 新組版

久保博司　日本の検察
久保博司　新宿歌舞伎町交番
久保博司　歌舞伎町と死闘した男〈続・新宿歌舞伎町交番〉
工藤美代子　今朝の骨肉、夕べのみそ汁
黒川博行　燻り
黒川博行　てとろどときしん〈大阪府警・捜査一課事件報告書〉
黒川博行　国境
久世光彦　夢あたたかき〈向田邦子との二十年〉
黒田福美　ソウルマイハート
黒田福美　となりの韓国人〈傾向と対策〉
倉知　淳　星降り山荘の殺人
倉知　淳　猫丸先輩の推測
倉知　淳　猫丸先輩の空論
熊谷達也　迎え火の山
熊谷達也　箕作《みつくり》り弥平《やへい》商伝記
鯨　統一郎　北京原人の日
鯨　統一郎　タイムスリップ森鷗外
鯨　統一郎　タイムスリップ明治維新
鯨　統一郎　富士山大噴火

鯨　統一郎　タイムスリップ釈迦如来
鯨　統一郎　タイムスリップ水戸黄門
鯨　統一郎　MORNING GIRL
鯨　統一郎　タイムスリップ戦国時代
鯨　統一郎　タイムスリップ忠臣蔵
鯨　統一郎　タイムスリップ紫式部
倉阪鬼一郎　青い館の崩壊〈ブルー・ローズ殺人事件〉
倉阪鬼一郎　大江戸秘脚便
久米　宏
久米麗子　ミステリアスな結婚
轡田隆史　いまを読む名言〈昭和天皇からホリエモンまで〉
草野たき　透きとおった糸をのばして
草野たき　猫の名前
草野たき　ハチミツドロップス
黒田研二　ウエディング・ドレス
黒田研二　ペルソナ探偵
黒田研二　ナナフシの恋〈～Mimetic Girl～〉
黒木　亮　アジアの隼
黒木　亮　カラ売り屋
黒木　亮　エネルギー(上)(中)(下)

黒木　亮　冬の喝采(上)(下)
黒木　亮　リスクは金なり
熊倉伸宏　あそび遍路〈おとなの夏休み〉
黒野　耐《たえる》　「たられば」の日本戦争史〈もし真珠湾攻撃がなかったら〉
楠木誠一郎　火除け地蔵〈立ち退き長屋顛末記〉
楠木誠一郎　聞き耳地蔵〈立ち退き長屋顛末記〉
群像編　12星座小説集
玖村まゆみ　完盗オンサイト
草凪　優　ささやきたい。ほんとうのわたし。
草凪　優　わたしの突然。あの日の出来事。
草凪　優　芯までとけて。最高の私。
黒岩比佐子　パンとペン〈社会主義者・堺利彦と「売文社」の闘い〉
桑原水菜　弥次喜多化かし道中
朽木　祥　風の靴
けらえいこ　ハヤセクニコ　おきらくミセスの婦人くらぶ～
けらえいこ　セキララ結婚生活
玄侑宗久　慈悲をめぐる心象スケッチ
玄侑宗久　阿修羅
小峰　元　アルキメデスは手を汚さない

今野　敏　ST 警視庁科学特捜班 エピソード1〈新装版〉
今野　敏　ST 警視庁科学特捜班 毒物殺人〈新装版〉
今野　敏　ST 警視庁科学特捜班〈黒いモスクワ〉
今野　敏　ST 警視庁科学特捜班〈青の調査ファイル〉
今野　敏　ST 警視庁科学特捜班〈赤の調査ファイル〉
今野　敏　ST 警視庁科学特捜班〈黄の調査ファイル〉
今野　敏　ST 警視庁科学特捜班〈緑の調査ファイル〉
今野　敏　ST 警視庁科学特捜班〈黒の調査ファイル〉
今野　敏　ST 為朝伝説殺人ファイル〈警視庁科学特捜班〉
今野　敏　ST 桃太郎伝説殺人ファイル〈警視庁科学特捜班〉
今野　敏　ST 沖ノ島伝説殺人ファイル〈警視庁科学特捜班〉
今野　敏　ST 化合 エピソード0〈警視庁科学特捜班〉
今野　敏　ギガース〈宇宙海兵隊〉
今野　敏　ギガース2〈宇宙海兵隊〉
今野　敏　ギガース3〈宇宙海兵隊〉
今野　敏　ギガース4〈宇宙海兵隊〉
今野　敏　ギガース5〈宇宙海兵隊〉
今野　敏　ギガース6〈宇宙海兵隊〉
今野　敏　特殊防諜班 連続誘拐

今野　敏　特殊防諜班 組織報復
今野　敏　特殊防諜班 標的反撃
今野　敏　特殊防諜班 凶星降臨
今野　敏　特殊防諜班 諜報潜入
今野　敏　特殊防諜班 聖域炎上
今野　敏　特殊防諜班 最終特命
今野　敏　茶室殺人伝説
今野　敏　奏者水滸伝《そうしゃすいこでん》 阿羅漢集結《あらかんしゅうけつ》
今野　敏　奏者水滸伝 小さな逃亡者
今野　敏　奏者水滸伝 古丹《こたん》、山へ行く
今野　敏　奏者水滸伝 白の暗殺教団
今野　敏　奏者水滸伝 四人、海を渡る
今野　敏　奏者水滸伝 追跡者の標的
今野　敏　奏者水滸伝 北の最終決戦
今野　敏　フェイク〈疑惑〉
今野　敏　同期
今野　敏　欠落
今野　敏　警視庁FC
今野　敏　蓬莱〈新装版〉

香月日輪　妖怪アパートの幽雅な日常⑤
香月日輪　妖怪アパートの幽雅な日常⑥
香月日輪　妖怪アパートの幽雅な日常⑦
香月日輪　妖怪アパートの幽雅な日常⑧
香月日輪　妖怪アパートの幽雅な日常⑨
香月日輪　妖怪アパートの幽雅な日常⑩
香月日輪　妖怪アパートの幽雅な食卓〈るり子さんのお料理日記〉
香月日輪　妖怪アパートの幽雅な人々〈妖アパミニガイド〉
香月日輪　大江戸妖怪かわら版①〈異界より落ち来る者あり〉
香月日輪　大江戸妖怪かわら版②〈異界より落ち来る者あり　其之二〉
香月日輪　大江戸妖怪かわら版③〈封印の娘〉
香月日輪　大江戸妖怪かわら版④〈天空の竜宮城〉
香月日輪　大江戸妖怪かわら版⑤〈雀、大浪花に行く〉
香月日輪　大江戸妖怪かわら版⑥〈魔狼、月に吠える〉
香月日輪　地獄堂霊界通信①
香月日輪　地獄堂霊界通信②
香月日輪　地獄堂霊界通信③
香月日輪　地獄堂霊界通信④
香月日輪　地獄堂霊界通信⑤

香月日輪　ファンム・アレース①
香月日輪　ファンム・アレース②
香月日輪　ファンム・アレース③
近衛龍春　直江山城守兼続(上)(下)
近衛龍春　長宗我部元親
近衛龍春　長宗我部盛親(上)(下)
小山薫堂　フィルム
小林篤　足利事件〈冤罪を証明した一冊のこの本〉
香坂直　走れ、セナ！
小林正典　英国太平記
小鶴　カンガルーのマーチ
木原音瀬　箱の中
木原音瀬　美しいこと
木原音瀬　秘密
神立尚紀　祖父たちの零戦〈Zero Fighters of Our Grandfathers〉
神立尚紀／大島隆之　零戦〈搭乗員たちが見つめた太平洋戦争〉
古賀茂明　日本中枢の崩壊
近藤史恵　薔《ば》薇《ら》を拒む
近藤史恵　砂漠の悪魔

小泉凡　怪談四代記〈八雲のいたずら〉
小島正樹　武家屋敷の殺人
小松エメル　夢の燈《ほ》影《かげ》〈新選組無名録〉
佐藤さとる　〈コロボックル物語①〉だれも知らない小さな国
佐藤さとる　〈コロボックル物語②〉豆つぶほどの小さないぬ
佐藤さとる　〈コロボックル物語③〉星からおちた小さなひと
佐藤さとる　〈コロボックル物語④〉ふしぎな目をした男の子
佐藤さとる　〈コロボックル物語⑤〉小さな国のつづきの話
佐藤さとる　〈コロボックル物語⑥〉コロボックルむかしむかし
佐藤さとる　天狗童子
佐藤さとる　絵／村上勉　わんぱく天国
早乙女貢　沖田総司(上)(下)
早乙女貢　会津啾々記〈脱走人別帳〉
佐藤愛子　戦いすんで日が暮れて
佐木隆三　復讐するは我にあり(上)(下)
佐木隆三　成就者たち
佐木隆三　慟哭〈小説・林郁夫裁判〉
澤地久枝　時のほとりで
澤地久枝　私のかかげる小さな旗

澤地久枝　道づれは好奇心
沢田サタ編　泥まみれの死〈沢田教一ベトナム戦争写真集〉
佐高　信　日本官僚白書
佐高　信　孤高を恐れず〈石橋湛山の志〉
佐高　信　官僚たちの志と死
佐高　信　官僚国家＝日本を斬る
佐高　信　石原莞爾 その虚飾
佐高　信　日本の権力人脈《パワー・ライン》
佐高　信　わたしを変えた百冊の本
佐高　信　佐高信の新・筆刀両断
佐高　信　佐高信の毒言毒語
佐高　信　田原総一朗とメディアの罪
佐高　信　新装版 逆命利君
佐高信編　男の美学〈ビジネスマンの生き方20選〉
佐高　信／宮本政於　官僚に告ぐ！
さだまさし　日本が聞こえる
さだまさし　いつも君の味方
さだまさし　遙かなるクリスマス
佐藤雅美　影帳　半次捕物控
佐藤雅美　揚羽の蝶(上)(下)〈半次捕物控〉
佐藤雅美　命みょうが〈半次捕物控〉
佐藤雅美　疑惑〈半次捕物控〉
佐藤雅美　泣く子と小三郎〈半次捕物控〉
佐藤雅美　髻《もとどり》塚《づか》不首尾《しゅび》一件始末《いっけんしまつ》〈半次捕物控〉
佐藤雅美　天才絵師と幻の生首〈半次捕物控〉
佐藤雅美　御当家七代お祟り申す〈半次捕物控〉
佐藤雅美　一石二鳥の敵討ち〈半次捕物控〉
佐藤雅美　恵比寿屋喜兵衛手控え
佐藤雅美　無法者《アウトロー》
佐藤雅美　物書同心居眠り紋蔵
佐藤雅美　隼小僧異聞〈物書同心居眠り紋蔵〉
佐藤雅美　密約〈物書同心居眠り紋蔵〉
佐藤雅美　お尋者〈物書同心居眠り紋蔵〉
佐藤雅美　老博奕打ち〈物書同心居眠り紋蔵〉
佐藤雅美　四両二分の女〈物書同心居眠り紋蔵〉
佐藤雅美　白い息〈物書同心居眠り紋蔵〉
佐藤雅美　向井帯刀の発心〈物書同心居眠り紋蔵〉
佐藤雅美　一心斎不覚の筆禍〈物書同心居眠り紋蔵〉
佐藤雅美　魔物が棲む町〈物書同心居眠り紋蔵〉
佐藤雅美　ちよの負けん気、実の父親〈物書同心居眠り紋蔵〉
佐藤雅美　へこたれない人〈物書同心居眠り紋蔵〉
佐藤雅美　開国〈愚直の宰相・堀田正睦〉
佐藤雅美　手跡指南神山慎吾
佐藤雅美　樓《ろうの》岸《きし》夢《ゆめ》一定《いちじょう》〈蜂須賀小六〉
佐藤雅美　啓順凶状旅
佐藤雅美　啓順地獄旅
佐藤雅美　啓順純情旅
佐藤雅美　百助嘘八百物語
佐藤雅美　お白洲無情
佐藤雅美　江戸繁昌記〈寺門静軒無聊伝〉
佐藤雅美　青雲遙かに〈大内俊助の生涯〉
佐藤雅美　十五万両の代償〈十一代将軍家斉の生涯〉
佐藤雅美　千世と与一郎の関ヶ原
佐々木　譲　屈折率
柴門ふみ　マイリトルNEWS
佐江衆一　神州魔風伝
佐江衆一　江戸は廻灯籠

佐江衆一　リンゴの唄、僕らの出発
佐江衆一　江戸の商魂
佐江衆一　士魂商才〈五代友厚〉
酒井順子　結婚疲労宴
酒井順子　ホメるが勝ち！
酒井順子　少子
酒井順子　負け犬の遠吠え
酒井順子　その人、独身？
酒井順子　駆け込み、セーフ？
酒井順子　いつから、中年？
酒井順子　女も、不況？
酒井順子　儒教と負け犬
酒井順子　こんなの、はじめて？
酒井順子　金閣寺の燃やし方
酒井順子　昔は、よかった？
酒井順子　もう、忘れたの？
酒井順子　そんなに、変わった？
佐野洋子　嘘ばっか〈新釈・世界おとぎ話〉
佐野洋子　乙女ちゃん〈愛と幻想の小さな物語〉

佐野洋子　わたしいる
佐野洋子　コッコロから
佐川芳枝　寿司屋のかみさん うまいもの暦
佐川芳枝　寿司屋のかみさん 二代目入店
桜木もえ　純情ナースの忘れられない話
斎藤貴男　東京を弄んだ男〈「空疎な小皇帝」石原慎太郎〉
佐藤賢一　二人のガスコン(上)(中)(下)
佐藤賢一　ジャンヌ・ダルクまたはロメ
笹生陽子　ぼくらのサイテーの夏
笹生陽子　きのう、火星に行った。
笹生陽子　バラ色の怪物
笹生陽子　世界がぼくを笑っても
佐伯泰英　変《へん》化《げ》〈交代寄合伊那衆異聞〉
佐伯泰英　雷鳴〈交代寄合伊那衆異聞〉
佐伯泰英　風雲〈交代寄合伊那衆異聞〉
佐伯泰英　邪宗〈交代寄合伊那衆異聞〉
佐伯泰英　阿片〈交代寄合伊那衆異聞〉
佐伯泰英　攘夷〈交代寄合伊那衆異聞〉
佐伯泰英　上海〈交代寄合伊那衆異聞〉

佐伯泰英　黙《もっ》契《けい》〈交代寄合伊那衆異聞〉
佐伯泰英　御《お》暇《いとま》〈交代寄合伊那衆異聞〉
佐伯泰英　難航〈交代寄合伊那衆異聞〉
佐伯泰英　海戦〈交代寄合伊那衆異聞〉
佐伯泰英　謁見〈交代寄合伊那衆異聞〉
佐伯泰英　交易〈交代寄合伊那衆異聞〉
佐伯泰英　朝廷〈交代寄合伊那衆異聞〉
佐伯泰英　混《こん》沌《とん》〈交代寄合伊那衆異聞〉
佐伯泰英　断絶〈交代寄合伊那衆異聞〉
佐伯泰英　散《ざん》斬《ぎり》〈交代寄合伊那衆異聞〉
佐伯泰英　再会〈交代寄合伊那衆異聞〉
佐伯泰英　茶葉〈交代寄合伊那衆異聞〉
佐伯泰英　開港〈交代寄合伊那衆異聞〉
佐伯泰英　暗殺〈交代寄合伊那衆異聞〉
佐伯泰英　血脈〈交代寄合伊那衆異聞〉
佐伯泰英　飛躍〈交代寄合伊那衆異聞〉
沢木耕太郎　一号線を北上せよ〈ヴェトナム街道編〉
坂元　純　ぼくのフェラーリ

里見 蘭／三田紀房／原作　小説ドラゴン桜〈カリスマ教師集結篇〉
里見 蘭／三田紀房／原作　小説ドラゴン桜〈挑戦！ 東大模試篇〉
佐藤友哉　フリッカー式〈鏡公彦にうってつけの殺人〉
佐藤友哉　エナメルを塗った魂の比重〈鏡稜子ときせかえ密室〉
佐藤友哉　水没ピアノ〈鏡創士がひきもどす犯罪〉
佐藤友哉　クリスマス・テロル〈invisible×inventor〉
桜井亜美　チエルシー
桜井亜美　Frozen《フローズン》 Ecstasy《エクスタシー》 Shake《シェイク》
サンプラザ中野　〈小説〉大きな玉ネギの下で
櫻田大造　「優」をあげたくなる答案・レポートの作成術
桜井潮実　「うちの子は『算数』ができない」と思う前に読む本
佐川光晴　縮んだ愛
沢村凜　カタブツ
沢村凜　あやまち
沢村凜　さざなみ
沢村凜　タソガレ
佐野眞一　誰も書けなかった石原慎太郎
佐野眞一　津波と原発
佐藤多佳子　一瞬の風になれ 第一部／第二部／第三部

笹本稜平　駐在刑事
佐藤亜紀　鏡の影
佐藤亜紀　ミノタウロス
佐藤亜紀　醜聞の作法
佐藤千歳　インターネットと中国共産党〈「人民網」体験記〉
samo　きみにあいたい〈あかりが生きた239日、そして12時間〉
斎樹真琴　地獄番 鬼蜘蛛日誌
桜庭一樹　ファミリーポートレイト
佐々木則夫　なでしこ力〈さあ、一緒に世界一になろう！〉
沢里裕二　淫府再興
沢里裕二　淫果応報
沢里裕二　淫具屋半兵衛
佐藤あつ子　昭《あき》田中角栄と生きた女
西條奈加　世直し小町りんりん
佐伯チズ　普及完全版 佐伯チズ式「完全美肌バイブル」〈123の肌悩みにズバリ回答！〉
斉藤洋　ルドルフとイッパイアッテナ
斉藤洋　ルドルフともだちひとりだち
佐々木裕一　若返り同心 如月源十郎〈不思議な飴玉〉
司馬遼太郎　新装版 播磨灘物語 全四冊

司馬遼太郎　新装版 箱根の坂 (上)(中)(下)
司馬遼太郎　新装版 アームストロング砲
司馬遼太郎　新装版 歳月 (上)(下)
司馬遼太郎　新装版 おれは権現
司馬遼太郎　新装版 大坂侍
司馬遼太郎　新装版 北斗の人 (上)(下)
司馬遼太郎　新装版 軍師二人
司馬遼太郎　新装版 真説宮本武蔵
司馬遼太郎　新装版 最後の伊賀者
司馬遼太郎　新装版 俄 (上)(下)
司馬遼太郎　新装版 尻啖え孫市 (上)(下)
司馬遼太郎　新装版 王城の護衛者
司馬遼太郎　新装版 妖怪 (上)(下)
司馬遼太郎　新装版 風の武士 (上)(下)
司馬遼太郎　戦雲の夢〈レジェンド歴史時代小説〉
司馬遼太郎／海音寺潮五郎　新装版 日本歴史を点検する
司馬遼太郎／井上ひさし　新装版 国家・宗教・日本人
司馬遼太郎／陳舜臣／金達寿　新装版 歴史の交差路にて〈日本・中国・朝鮮〉
柴田錬三郎　岡っ引どぶ 正・続〈柴錬捕物帖〉

島田荘司 リベルタスの寓話
島田荘司 透明人間の納屋
島田荘司 占星術殺人事件〈改訂完全版〉
島田荘司 斜め屋敷の犯罪〈改訂完全版〉
島田荘司 星籠《せいろ》の海(上)(下)
塩田潮 郵政最終戦争
清水義範 蕎麦《そば》ときしめん
清水義範 国語入試問題必勝法
清水義範 永遠のジャック&ベティ
清水義範 深夜の弁明
清水義範 ビビンパ
清水義範 お金物語
清水義範 単位物語
清水義範 神々の午睡(上)(下)
清水義範 私は作中の人物である
清水義範 春高楼の
清水義範 イエスタデイ
清水義範 青二才の頃〈回想の'70年代〉
清水義範 日本ジジババ列伝

清水義範 日本語必笑講座
清水義範 ゴミの定理
清水義範 目からウロコの教育を考えるヒント
清水義範 世にも珍妙な物語集
清水義範 ザ・勝負
清水義範 清水義範ができるまで
清水義範 いい奴じゃん
清水義範 愛と日本語の惑乱
清水義範 西原理恵子・え おもしろくても理科
清水義範 西原理恵子・え もっとおもしろくても理科
清水義範 西原理恵子・え どうころんでも社会科
清水義範 西原理恵子・え もっとどうころんでも社会科
清水義範 西原理恵子・え いやでも楽しめる算数
清水義範 西原理恵子・え はじめてわかる国語
清水義範 西原理恵子・え 飛びすぎる教室
清水義範 西原理恵子・え 独断流「読書」必勝法
清水義範 西原理恵子・え 雑学のすすめ
椎名誠 フグと低気圧
椎名誠 犬の系譜

椎名誠 水域
椎名誠 にっぽん・海風魚旅〈怪し火さすらい編〉
椎名誠 くじら雲追跡編〈にっぽん・海風魚旅2〉
椎名誠 小魚びゅんびゅん荒波編〈にっぽん・海風魚旅3〉
椎名誠 大漁旗ぶるぶる乱風編〈にっぽん・海風魚旅4〉
椎名誠 南シナ海ドラゴン編〈にっぽん・海風魚旅5〉
椎名誠 極北の狩人〈アラスカ、カナダ、ロシアの北極圏をいく〉
椎名誠 もう少しむこうの空の下へ
椎名誠 モヤシ
椎名誠 アメンボ号の冒険
椎名誠 風のまつり
椎名誠 ニッポンありゃまあお祭り紀行〈春夏編〉
椎名誠 ニッポンありゃまあお祭り紀行〈秋冬編〉
椎名誠 新宿遊牧民
椎名誠 ナマコ
東海林さだお 椎名誠 やぶさか対談
うえやまとち 漫画 東海林さだお 編 東海林さだお選「クッキングパパ」のこれが食べたい!
島田雅彦 フランシスコ・X
島田雅彦 食いものの恨み

重松　清　オヤジの細道
重松　清　青春夜明け前
重松　清　カシオペアの丘で (上)(下)
重松　清　永遠《とわ》を旅する者〈ロストオデッセイ　千年の夢〉
重松　清　かあちゃん
重松　清　星をつくった男〈阿久悠と、その時代〉
重松　清　十字架
重松　清　あすなろ三三七拍子 (上)(下)
重松　清　峠うどん物語 (上)(下)
重松　清　希望ヶ丘の人びと (上)(下)
重松　清　赤ヘル1975
重松　清
渡辺　考　最後の言葉〈戦場に遺された二十四万字の届かなかった手紙〉
新堂冬樹　血塗られた神話
新堂冬樹　闇の貴族
柴田よしき　フォー・ディア・ライフ
柴田よしき　フォー・ユア・プレジャー
柴田よしき　シーセッド・ヒーセッド
柴田よしき　ア・ソング・フォー・ユー
柴田よしき　ドント・ストップ・ザ・ダンス

新野剛志　八月のマルクス
新野剛志　もう君を探さない
新野剛志　どしゃ降りでダンス
殊能将之　ハサミ男
殊能将之　美《み》濃《の》牛《ぎゅう》
殊能将之　黒い仏
殊能将之　鏡の中は日曜日
殊能将之　キマイラの新しい城
殊能将之　子どもの王様
嶋田昭浩　解剖・石原慎太郎
首藤瓜於　脳男
首藤瓜於　指し手の顔〈脳男II〉(上)(下)
首藤瓜於　事故係生稲昇太の多感
首藤瓜於　刑事の墓場
首藤瓜於　刑事のはらわた
首藤瓜於　大幽霊烏賊《いか》〈名探偵　面鏡真澄〉(上)(下)
島村洋子　家族善哉
島村洋子　恋って恥ずかしい〈家族善哉2〉
島本理生　シルエット

島本理生　リトル・バイ・リトル
島本理生　生まれる森
島本理生　七緒のために
白川　道　十二月のひまわり
子母澤　寛　新装版 父子鷹 (上)(下)
不知火京介　マッチメイク
不知火京介　女《おんな》形《がた》
小路幸也　空を見上げる古い歌を口ずさむ
小路幸也　高く遠く空へ歌ううた
小路幸也　空へ向かう花
原案 山田洋次 平松恵美子
小路幸也　家族はつらいよ
島村英紀　私はなぜ逮捕され、そこで何を見たか。
島村英紀　「地震予知」はウソだらけ
島田律子　私はもう逃げない〈自閉症の弟から教えられたこと〉
荘司雅彦　小説離婚裁判〈モラル・ハラスメントからの脱出〉
志村季世恵　いのちのバトン
志村季世恵　さよならの先
辛酸なめ子　女修行
辛酸なめ子　妙齢美容修業

2016年9月15日現在